o Mágico de Oz

L. Frank Baum

O Mágico de Oz

TRADUÇÃO:
INÊS ANTONIA LOHBAUER

Veríssimo

Diretor editorial **PEDRO ALMEIDA**
Coordenação editorial **CARLA SACRATO**
Preparação **DANIELA TOLEDO**
Revisão **LUCIANE GOMIDE E BARBARA PARENTE**
Capa **VANESSA S. MARINE**
Ilustrações **FERNANDO MENA**
Diagramação **SAAVEDRA EDIÇÕES**

Veríssimo é um selo da Faro Editorial.

Dados Internacionais de Catalogação na Publicação (CIP)
Jéssica de Oliveira Molinari CRB-8/9852

Baum, L. Frank (Lyman Frank), 1856-1919
O mágico de Oz / L.Frank Baum ; tradução de Inês Antonia Lohbauer. — São Paulo — Barueri, SP : Faro Editorial, 2024.
96 p. : il.

ISBN 978-65-5957-477-3
Título original: The Wonderful Wizard of Oz

1. Literatura infantojuvenil norte-americana I. Título II. Lohbauer, Inês Antonia

21-5720 CDD 028.5

Índice para catálogo sistemático:
1. Literatura infantojuvenil norte-americana

Veríssimo

3ª edição brasileira: 2024
Direitos de edição em língua portuguesa, para o Brasil, adquiridos por FARO EDITORIAL

Avenida Andrômeda, 885 – Sala 310
Alphaville – Barueri – SP – Brasil
CEP: 06473-000
www.faroeditorial.com.br

Este livro é dedicado à minha
boa amiga e companheira
Minha esposa
L.F.B.

Sumário

Folclore, lendas, mitos e contos de fada têm acompanhado a nossa infância ao longo dos tempos, pois cada criança saudável tem um amor sadio e instintivo por histórias fantásticas, maravilhosas e evidentemente irreais. As fadas aladas de Grimm e Andersen têm trazido mais felicidade aos corações infantis do que todas as outras criações humanas.

No entanto, os contos de fada antigos, que acompanharam gerações, agora são considerados "históricos" na biblioteca das crianças; pois chegamos nos tempos de uma nova série de "contos maravilhosos", nos quais os estereótipos do gênio, do anão e das fadas são eliminados, assim como todos os incidentes horríveis e sangrentos imaginados pelos seus autores para apontar uma moral terrível em cada conto. A educação moderna inclui a moralidade; portanto, a criança moderna busca apenas entretenimento em seus contos de fada, e de bom grado dispensa qualquer incidente desagradável.

Com esse pensamento em mente, a história do Maravilhoso Mágico de Oz foi escrita apenas para agradar as crianças de hoje. Ela deseja ser um conto de fadas modernizado, em que o encantamento e a alegria são mantidos e a tristeza e os pesadelos são deixados de lado.

Chicago, abril de 1900,
Frank Baum.

1

O ciclone

Dorothy morava no meio das grandes pradarias do Kansas com o tio Henry, um fazendeiro, e a tia Ema, a esposa do fazendeiro. A casa deles era pequena, pois a madeira para construí-la teve de ser transportada por trem ao longo de muitos quilômetros. Havia quatro paredes, um piso e um telhado, que constituíam um único cômodo; Nele, havia um forno enferrujado, um guarda-louças, uma mesa, três ou quatro cadeiras e as camas. O tio Henry e a tia Ema tinham uma cama grande em um canto, e Dorothy, uma cama pequena em outro. Não havia nenhum sótão, nem porão — exceto um pequeno buraco no chão, chamado de porão do ciclone, onde a família podia se abrigar caso um daqueles tornados surgisse, tão poderosos que destruíam qualquer construção em seu caminho. O acesso ao porão era feito por um alçapão no meio do piso, do qual descia uma escada até um buraco pequeno e escuro.

A casa fora pintada um dia, mas o sol descoloriu a pintura e as chuvas a lavaram, deixando-a tão desbotada e cinzenta quanto todo o resto da região.

Quando a tia Ema foi morar ali, era uma jovem e bela esposa. O sol e o vento também conseguiram transformá-la. Retiraram o brilho de seus olhos, deixando-os de uma cor cinzenta, pálida; retiraram o vermelho de sua face e seus lábios, que também ficaram cinzentos. Ela era esbelta, magra e já não sorria. Quando Dorothy, que era órfã, veio até ela pela primeira vez, a tia Ema ficou tão espantada com o riso daquela criança que gritava e apertava a mão no peito sempre que a alegre voz de Dorothy chegava aos seus ouvidos. Mesmo agora continuou olhando para a menininha com espanto, pois ela sempre conseguia encontrar alguma coisa que a fizesse rir.

O tio Henry nunca dava risada. Trabalhava duro de manhã até a noite e não sabia o que era alegria. Ele também era cinzento, desde sua longa barba até suas botas grosseiras; toda a sua aparência era severa e austera, e quase não falava.

Era o Totó que fazia Dorothy dar risada e evitava que ela ficasse tão cinzenta quanto todo o ambiente ao redor. Totó não era cinzento; era um cachorrinho preto, com um longo pelo sedoso e pequenos olhos escuros, que piscavam alegres em cada lado do seu focinho pequenino e engraçado. Totó brincava o dia inteiro, e Dorothy brincava com ele, pois o amava muito.

No entanto, hoje eles não brincaram. Tio Henry ficou sentado na soleira da porta, olhando, ansioso, para o céu, que estava mais cinzento do que o normal. Dorothy ficou de pé junto à porta, com Totó nos braços, também olhando para o céu. A tia Ema estava lavando a louça.

Ouviram o uivo de um vento que vinha de longe, do norte, e o tio Henry e Dorothy podiam ver o capim alto inclinando-se em grandes ondas, antes da chegada da tempestade. Então escutaram um assobio agudo no ar, vindo do sul, e, quando dirigiram o olhar para aquele lado, viram ondulações no capim que também vinham daquela direção.

De repente, o tio Henry se levantou.

— Há um ciclone se aproximando, Ema — disse ele à esposa. — Vou ver como está o rebanho.

Então correu em direção ao galpão onde eram mantidos os cavalos e as vacas. A tia Ema largou seu trabalho e foi até a porta. Uma espiada só e ela já percebeu o perigo iminente.

— Rápido, Dorothy! — gritou ela. — Corra para o porão!

Totó pulou dos braços de Dorothy e escondeu-se embaixo da cama, e a menina tentou pegá-lo de volta. A tia Ema, apavorada demais, escancarou o alçapão no piso e desceu pela escada até o pequeno buraco escuro. Dorothy, que enfim conseguiu capturar o cãozinho, começou a seguir a tia. Quando chegou no meio do caminho, ouviu um estridente assobio do vento, e a casa começou a tremular com tanta força que ela perdeu o equilíbrio e caiu sentada no chão.

Então aconteceu uma coisa muito estranha.

A casa girou duas ou três vezes e ergueu-se lentamente no ar. Dorothy sentiu-se como se estivesse subindo num balão.

Os ventos do norte e do sul encontraram-se bem no ponto em que se situava a casa, tornando-a o centro exato do ciclone. No meio de um ciclone, geralmente o ar fica parado, mas a grande pressão do vento em cada um dos lados da casa a ergueu cada vez mais e mais, até que ela chegasse ao topo do ciclone. Ali permaneceu, depois foi levada por quilômetros e quilômetros, tão facilmente quanto se leva uma pena.

Estava muito escuro e o uivo do vento à sua volta era horrível, mas Dorothy sentiu que estava controlando aquela montaria facilmente. Depois das primeiras poucas voltas, e de outra vez que a casa se inclinou demais, ela se sentiu como se estivesse sendo embalada com delicadeza, como um bebê num berço.

Totó não gostou nada daquilo. Correu pela sala de um lado ao outro, latindo alto; mas Dorothy ficou sentada no chão, esperando para ver o que aconteceria.

De repente, Totó chegou muito perto do alçapão aberto e caiu no buraco. A princípio, a menininha pensou tê-lo perdido. Mas logo viu uma das orelhas aparecendo através do buraco, pois a forte pressão do ar mantinha o cãozinho para cima, evitando que caísse. Ela se esgueirou até o buraco, pegou

Totó pela orelha e puxou-o de volta para a sala, fechando depressa o alçapão para que não acontecessem mais acidentes.

Passaram-se horas e mais horas, e lentamente Dorothy foi conseguindo controlar o medo. Porém, sentiu-se sozinha, e o vento uivava com tanta força à sua volta que ela quase ficou surda. A princípio, pensou que seria despedaçada se a casa caísse de novo, mas, à medida que as horas passavam e nada de terrível acontecia, ela parou de se preocupar e resolveu se acalmar e esperar para ver o que o futuro lhe traria. Por fim, ela se arrastou pelo piso oscilante até a cama e deitou-se nela; Totó seguiu-a e deitou-se ao seu lado.

Apesar do balanço da casa e do gemido do vento, Dorothy logo fechou os olhos e adormeceu.

2

A reunião com os munchkins

Ela despertou com um choque tão repentino e forte que, se não estivesse deitada na cama macia, poderia ter se machucado. Assim, a sacudidela fez com que ela prendesse a respiração e se perguntasse o que tinha acontecido; Totó encostou o focinho gelado no seu rosto e gemeu assustado. Dorothy sentou-se na cama e percebeu que a casa não se mexia e que também não estava escuro, pois um brilhante raio de sol entrava pela janela, inundando o pequeno recinto. Ela saltou da cama e, com Totó em seus calcanhares, correu e abriu a porta.

A menininha deu um grito de espanto e olhou em volta, seus olhos se arregalando cada vez mais diante da maravilhosa visão à sua frente.

O ciclone havia pousado a casa com muita delicadeza — para um ciclone — no meio de um campo maravilhoso. Havia adoráveis fragmentos de relva por todo lado, com árvores frondosas carregadas de ricas e luxuosas frutas. Canteiros de flores esplêndidas estavam em cada parte, e aves com raras e brilhantes plumagens cantavam e esvoaçavam entre árvores e arbustos. Um pouco mais adiante havia um pequeno riacho, correndo e cintilando entre belas margens verdes e murmurando num som muito gratificante para uma menininha que viveu tanto tempo nas ressecadas e cinzentas pradarias.

Enquanto olhava ansiosa para aquela paisagem bela e estranha, ela notou um grupo de pessoas, as mais esquisitas que já havia visto, vindo em sua direção. Não eram tão grandes como as pessoas altas com as quais sempre esteve acostumada, mas também não eram muito pequenas. De fato, elas pareciam tão altas quanto Dorothy, que era uma criança bem crescida para sua idade, apesar de elas serem, como lhe pareceu, muitos anos mais velhas.

Três eram homens e uma era mulher, e todos vestiam roupas muito estranhas. Usavam chapéus redondos que se erguiam até um pequeno ponto alguns centímetros acima da cabeça deles, com pequenos sinos presos em volta das abas, que tilintavam suavemente quando se mexiam. Os chapéus dos homens eram azuis e o chapéu da mulherzinha, branco, e ela usava um vestido branco que pendia dos ombros, formando pregas. Nele, espalhavam-se estrelinhas que brilhavam ao sol como diamantes. A roupa dos homens era azul, do mesmo tom de seus chapéus, e eles também usavam botas muito bem polidas, com uma bainha azul na parte superior. Os homens, pensou Dorothy, eram mais ou menos da mesma idade que o tio Henry, pois dois deles tinham barbas. Mas sem dúvida a mulherzinha era muito mais velha. Seu rosto estava coberto de rugas, seu cabelo quase branco, e ela caminhava com as pernas enrijecidas.

Quando essas pessoas chegaram perto da casa em que Dorothy os observava da soleira da porta, elas pararam e cochicharam entre si, como se estivessem com medo de se aproximar. Mas a mulherzinha caminhou até Dorothy, fez uma profunda reverência e disse, numa voz doce:

— Seja bem-vinda, nobre feiticeira, à terra dos munchkins. Estamos muito agradecidos a você por ter matado a Bruxa Malvada do Leste e libertado nosso povo do cativeiro.

Dorothy ouviu com espanto. O que a mulherzinha queria dizer ao chamá-la de feiticeira e ao afirmar que ela havia matado a Bruxa Malvada do Leste? Dorothy era uma menininha inocente, inofensiva, que fora carregada por um ciclone a muitos quilômetros de casa, e nunca havia matado ninguém em toda a sua vida.

Mas é claro que a mulherzinha esperava que ela respondesse, então Dorothy disse, hesitante:

— Você é muito gentil, mas deve haver algum engano. Eu não matei ninguém.

— Mas a sua casa sim — respondeu a velhinha, com um sorriso. — E isso é a mesma coisa. Veja! — continuou ela, apontando para a quina da casa. — Lá estão os dois pés dela, ainda aparecendo embaixo de um bloco de madeira.

Dorothy olhou e deu um gritinho, assustada. Ali, de fato, embaixo da quina da grande viga em que a casa estava apoiada, havia dois pés do lado de fora, calçados com sapato prateado de bico afunilado.

— Ó céus, ó céus! — gritou Dorothy, fechando as mãos, atônita. — A casa deve ter caído em cima dela. O que vamos fazer?

— Não há nada a fazer — disse a mulherzinha, calma.

— Mas quem era ela? — perguntou Dorothy.

— Ela era a Bruxa Malvada do Leste, como eu disse — respondeu a mulherzinha. — Ela manteve todos os munchkins em cativeiro por muitos anos, tornando-os escravos dela, dia e noite. Agora estão todos livres e gratos a você pelo favor.

— Mas quem são os munchkins? — perguntou Dorothy.

— São o povo que vive nesse País do Leste, que a Bruxa Malvada governava.

— Você é uma munchkin? — perguntou Dorothy.

— Não, mas sou amiga deles, apesar de viver no País do Norte. Quando viram que a bruxa do Leste estava morta, os munchkins enviaram uma rápida mensagem para mim, e eu vim o mais depressa que pude. Eu sou a bruxa do Norte.

— Ah, mas que amável! — gritou Dorothy. — Você é uma bruxa de verdade?

— Sim, sou — respondeu a mulherzinha. — Mas sou uma bruxa bondosa, e as pessoas me amam. Não sou tão poderosa quanto a Bruxa Malvada que mandava por aqui, senão eu mesma teria libertado as pessoas.

— Mas eu pensei que todas as bruxas fossem malvadas — disse a menina, que estava meio assustada ao encarar uma bruxa de verdade.

— Ah, não, isso é um grande engano. Havia apenas quatro bruxas em todo o país de Oz, e duas delas, aquelas que vivem no norte e no sul, são bruxas bondosas. Eu sei que é verdade, pois sou uma delas e não posso estar enganada. Aquelas que moravam no leste e no oeste eram, de fato, bruxas malvadas, mas, agora que você matou uma delas, restou apenas uma Bruxa Malvada em todo o país de Oz, aquela que vive no oeste.

— Mas — disse Dorothy, depois de pensar por um instante — a tia Ema me contou que as bruxas estão todas mortas, há muitos e muitos anos.

— Quem é a tia Ema? — perguntou a mulherzinha.

— Ela é a minha tia, que vive no Kansas, o lugar de onde venho.

A bruxa do Norte ficou pensativa por alguns instantes, com a cabeça baixa e os olhos fixos no chão. Quando voltou a olhar para cima, disse:

— Não sei onde fica o Kansas, pois nunca ouvi ninguém mencionar esse país antes. Mas me diga, é um país civilizado?

— Ah, é, sim — respondeu Dorothy.

— Então é por isso. Acredito que nos países civilizados não restaram mais bruxas, nem mágicos, nem feiticeiras, nem magos. Mas, veja, o país de Oz nunca foi civilizado, pois fomos separados de todo o resto do mundo. Por isso ainda temos bruxas e mágicos entre nós.

— Quem são os mágicos? — perguntou Dorothy.

— O próprio Oz é o Grande Mágico — respondeu a bruxa, baixando a voz até se tornar um sussurro. — Ele é mais poderoso do que todos nós juntos. Ele vive na Cidade das Esmeraldas.

Dorothy ia fazer outra pergunta, mas então os munchkins, que estavam ao lado delas em silêncio, gritaram alto e apontaram a quina da casa sob a qual a Bruxa Malvada estava deitada.

— O que foi? — perguntou a velhinha, olhando para aquele local, e então começou a rir. Os pés da bruxa morta haviam desaparecido totalmente, e não restara nada além dos sapatos prateados.

— Ela era tão velha — explicou a bruxa do Norte — que secou rápido ao ficar exposta ao sol. Esse é o fim dela. Mas os sapatos prateados são seus, e você pode usá-los.

Ela se abaixou, pegou os sapatos e, depois de sacudir a poeira deles, entregou-os a Dorothy.

— A bruxa do Leste tinha muito orgulho desses sapatos prateados — disse um dos munchkins. — E há um feitiço ligado a eles, mas nunca soubemos qual é.

Dorothy levou os sapatos para dentro da casa e os colocou sobre a mesa. Depois saiu de novo e, dirigindo-se aos munchkins, disse:

— Estou ansiosa para voltar e encontrar o meu tio e a minha tia, pois tenho certeza de que estão preocupados comigo. Vocês podem me ajudar a encontrar o caminho?

Primeiro, os munchkins e a bruxa olharam uns para os outros, depois para Dorothy, e então balançaram a cabeça.

— Para o leste, não muito longe daqui — disse um deles —, há um grande deserto, e nunca alguém conseguiu atravessá-lo.

— É a mesma coisa para o Sul — disse outro —, porque eu estive lá e vi. O sul é o país dos quadlings.

— Já me disseram — disse o terceiro homem — que é a mesma coisa no oeste. E esse país, onde vivem os winkies, é governado pela Bruxa Malvada do Oeste, que a escravizaria, se você atravessasse o caminho dela.

— O Norte é o meu lar — disse a velha —, e na sua borda há o mesmo grande deserto que cerca esse país de Oz. Sinto muito, minha querida, você terá de viver conosco.

Diante disso, Dorothy começou a soluçar, pois se sentia sozinha no meio de toda aquela gente estranha. Suas lágrimas pareceram afligir os gentis munchkins, pois eles logo tiraram um lenço do bolso e começaram a chorar também. Quanto à velhinha, ela tirou o capuz e balançou o topo dele na ponta do nariz dela, enquanto contava "um, dois, três", numa voz solene. No mesmo instante, o capuz se transformou numa lousa, na qual se podia ler, em grandes letras brancas escritas com giz:

"DEIXE DOROTHY IR PARA A CIDADE DAS ESMERALDAS"

A velhinha tirou a lousa de cima do nariz e, depois de ler as palavras escritas nela, perguntou:

— O seu nome é Dorothy, minha querida?

— Sim — respondeu a criança, olhando para cima e secando as lágrimas.

— Então você terá de ir para a Cidade das Esmeraldas. Talvez Oz a ajude.

— Onde fica essa cidade? — perguntou Dorothy.

— É bem no meio desse país, e é governada por Oz, o Grande Mágico de quem lhe falei.

— Ele é um bom homem? — perguntou a menina, ansiosa.

— Ele é um bom mágico. Se ele é um homem ou não, não posso dizer, porque nunca o vi.

— Como posso chegar lá? — perguntou a menina.

— Você terá de caminhar. É uma longa viagem, através de um país que às vezes é agradável e, às vezes, escuro e terrível. Mas vou usar todas as artes mágicas que conheço para impedir que alguém lhe faça mal.

— Você não pode vir comigo? — pediu a menina, que começou a olhar para a velhinha como se ela fosse sua única amiga.

— Não, não posso fazer isso — respondeu ela —, mas eu lhe darei meu beijo, e ninguém vai se atrever a machucar uma pessoa que foi beijada pela bruxa do Norte.

Ela se aproximou de Dorothy e lhe deu um beijo delicado na testa. No lugar em que seus lábios tocaram, apareceu um sinal redondo, brilhante, como Dorothy descobriu logo em seguida.

— A estrada para a Cidade das Esmeraldas é pavimentada com tijolos amarelos — disse a bruxa. — Portanto, você não vai errar o caminho. Quando chegar lá, não fique com medo de Oz, mas conte a sua história a ele e peça que a ajude. Adeus, minha querida.

Os três munchkins inclinaram-se diante dela e desejaram-lhe uma boa viagem. Depois foram embora, desaparecendo no meio das árvores da floresta. A bruxa fez um gentil aceno a Dorothy, girou o corpo três vezes sobre o calcanhar esquerdo e desapareceu depressa, para a surpresa do pequeno Totó, que ficou latindo muito depois que ela se foi, porque, enquanto ela esteve ali, ele ficou com medo até mesmo de rosnar.

Mas Dorothy, sabendo que ela era uma bruxa, já esperava que desaparecesse daquele modo, e não se surpreendeu nem um pouquinho.

3

Como Dorothy salvou o Espantalho

Quando Dorothy foi deixada sozinha, começou a sentir fome. Então foi até o armário da cozinha, pegou um pedaço de pão e passou manteiga nele. Deu um pedacinho para Totó e, pegando um balde da prateleira, levou-o até o pequeno riacho, enchendo-o de água limpa e borbulhante. Totó correu até as árvores e começou a latir para os passarinhos pousados nelas. Dorothy foi atrás dele para pegá-lo e viu frutas tão deliciosas penduradas nos galhos que resolveu colhê-las, pensando que era justamente o que queria para complementar seu café da manhã.

Então, voltou para casa e, depois de servir a si mesma e ao Totó uns bons goles daquela água fresca e limpa, começou a se preparar para a viagem à Cidade das Esmeraldas.

Ela tinha apenas mais um vestido, mas por sorte ele estava limpo e pendurado num cabide ao lado de sua cama. Era de algodão xadrez, branco e azul, e, apesar de o azul já estar um pouco desbotado por causa das muitas lavagens, ainda era um belo vestido. A menina se lavou com cuidado, vestiu aquele vestido limpo e colocou seu chapéu cor-de-rosa na cabeça. Pegou uma pequena cesta e encheu-a com o pão que estava no armário da cozinha, cobrindo-a com um pano branco. Olhou para os pés e viu como seus sapatos estavam velhos e gastos.

— Com certeza eles não vão aguentar uma longa viagem, Totó — disse ela.

Totó olhou para seu rosto com seus olhinhos pretos e abanou a cauda, para mostrar que ele sabia o que ela queria dizer. Naquele instante, Dorothy viu os sapatos prateados que pertenceram à bruxa do Leste sobre a mesa.

— Será que cabem nos meus pés? — perguntou ela ao Totó. — Eles são os sapatos certos para uma longa viagem, pois não vão ficar gastos.

Ela tirou dos pés os velhos sapatos de couro e experimentou os prateados, que couberam tão bem nela que pareciam feitos sob medida.

Por fim, pegou a cesta.

— Venha, Totó — disse ela. — Vamos para a Cidade das Esmeraldas perguntar ao Grande Oz como voltar para o Kansas.

Ela fechou a porta, trancou-a e guardou a chave com cuidado no bolso do vestido. E assim, com Totó trotando, solene, atrás dela, Dorothy iniciou sua jornada.

Havia diversas estradas próximas dali, mas ela não precisou de muito tempo para encontrar aquela pavimentada com os tijolos amarelos. Rapidamente, estava caminhando, animada, em direção à Cidade das Esmeraldas, com seus sapatos prateados tinindo, alegres, no piso duro e amarelo da estrada. O sol brilhava com força e os passarinhos cantavam com doçura, e Dorothy não se sentia tão mal quanto se poderia imaginar para uma menininha que tinha sido atirada para fora de seu próprio país, indo parar no meio de uma terra estranha.

Enquanto caminhava, ela se surpreendeu ao ver como aquela terra à sua volta era bonita. Havia belas cercas às margens da estrada, pintadas de um azul delicado, e atrás delas havia campos de grãos e vegetais em abundância. Estava claro que os munchkins eram bons fazendeiros e capazes de plantar extensas lavouras. De vez em quando, ela passava por uma casa, e as pessoas saíam para vê-la, curvando-se bastante enquanto ela seguia, pois todos sabiam que, por causa dela, a Bruxa Malvada fora destruída, e, assim, agora estavam livres do cativeiro. As casas dos munchkins eram habitações de aparência bem esquisita, redondas, com um telhado em forma de uma grande cúpula. Todas eram pintadas de azul, pois naquele País do Leste o azul era a cor preferida.

À tardezinha, quando Dorothy já estava cansada daquela longa caminhada e começou a se perguntar onde iria passar a noite, viu uma casa bem maior do que as outras. No gramado verde diante dela, muitos homens e mulheres dançavam. Cinco pequenos violinistas tocavam o mais alto possível, enquanto as pessoas riam e cantavam. Uma grande mesa próxima estava repleta de frutas deliciosas e nozes, tortas e bolos, e muitas outras coisas boas para comer.

As pessoas saudaram Dorothy com gentileza, convidaram-na para jantar e passar a noite com elas; pois aquela era a casa de um dos munchkins mais ricos do país, e seus amigos se reuniram ali para celebrar a libertação do cativeiro em que viviam sob a Bruxa Malvada.

Dorothy fez uma farta refeição, e depois foi se reunir ao rico munchkin em pessoa, cujo nome era Boq. Sentou-se num banco e ficou observando as pessoas dançarem.

Quando Boq viu seus sapatos prateados, disse:

— Você deve ser uma grande feiticeira.

— Por quê? — perguntou a menina.

— Porque está usando os sapatos prateados e matou a Bruxa Malvada. Além disso, está usando um vestido com partes brancas, e apenas as bruxas e feiticeiras usam branco.

— Meu vestido é xadrez, azul e branco — disse Dorothy, alisando as rugas do tecido.

— É gentileza sua usar isso — disse Boq. — Azul é a cor dos munchkins, e branco é a cor das bruxas. Assim sabemos que você é uma bruxa amiga.

Dorothy não sabia o que dizer, pois todas as pessoas pareciam pensar que ela era uma bruxa; mas ela sabia muito bem que era apenas uma menininha comum, que tinha chegado a um país estranho por acaso, levada por um ciclone.

Quando ela se cansou de ficar assistindo à dança, Boq a conduziu para dentro da casa, onde lhe indicou um quarto com uma cama bonita. Os lençóis eram feitos de tecido azul, e neles Dorothy dormiu profundamente até de manhã, com Totó enrolado no tapete azul ao seu lado.

Tomou um farto café da manhã e observou um pequeno bebê munchkin brincando com ele, puxando sua cauda, cantando e rindo de um jeito que muito divertiu Dorothy. Totó era uma rara curiosidade para todas as pessoas, pois elas nunca haviam visto um cão antes.

— Qual é a distância daqui até a Cidade das Esmeraldas? — perguntou a menina.

— Não sei — respondeu Boq com ar sério —, pois nunca estive lá. É melhor para as pessoas ficarem longe de Oz, a menos que tenham negócios com ele. Mas é um longo caminho até a Cidade das Esmeraldas, e você vai levar muitos dias para chegar lá. Nosso país é rico e agradável, mas você terá de passar por lugares difíceis e perigosos antes de chegar ao fim da sua viagem.

Isso deixou Dorothy um pouco preocupada, mas ela sabia que apenas o Grande Oz poderia ajudá-la a chegar ao Kansas, então, corajosa, resolveu não desistir.

Ela se despediu dos amigos e voltou a caminhar pela estrada de tijolos amarelos. Depois de andar muitos quilômetros, pensou em parar para descansar, então subiu ao topo de uma cerca que ficava ao lado da estrada e se sentou. Havia uma grande plantação de milho do outro lado da cerca e, não muito distante dali, ela viu um espantalho preso a uma longa estaca para manter os pássaros afastados do milho maduro.

Dorothy apoiou o queixo na mão e ficou olhando pensativa para o Espantalho. Sua cabeça era um pequeno saco estofado de palha, com olhos, nariz e boca pintados na parte da frente, representando o rosto. Um velho chapéu azul pontudo, que pertencera a algum munchkin, foi enfiado no topo da cabeça, e o resto da figura vestia um conjunto azul de roupas gastas e desbotadas, também estofadas com palha. Nos pés ele usava um par de botas velhas com bainhas azuis, como todos os homens daquele país, e a figura inteira tinha sido erguida acima dos pés de milho por meio da estaca presa às suas costas.

Enquanto Dorothy olhava com um ar sério para o esquisito rosto pintado do Espantalho, ela ficou surpresa ao ver um dos seus olhos piscar devagar para ela. A princípio, pensou estar enganada, pois nenhum dos espantalhos do Kansas jamais havia piscado; mas de repente a figura moveu a cabeça em sua direção, de um jeito muito delicado. Então ela desceu da cerca e foi até ele, enquanto Totó corria em volta da estaca, latindo.

— Bom dia — disse o Espantalho, com uma voz meio rouca.

— Você fala? — perguntou a menina, surpresa.

— Com certeza — respondeu o Espantalho. — Como vai você?

— Estou muito bem, obrigada — respondeu Dorothy, educada. — E você, como vai?

— Não estou me sentindo bem — disse o Espantalho, com um sorriso —, pois é muito entediante ficar empoleirado aqui dia e noite para espantar os corvos.

— Você não consegue descer? — perguntou Dorothy.

— Não, porque esta estaca está presa às minhas costas. Por favor, se você puder tirar a estaca, ficarei muito grato.

Dorothy estendeu os braços e ergueu a figura, tirando-a da estaca, pois, como era estofada com palha, era bem leve.

— Muito obrigado — disse o Espantalho quando foi colocado no chão. — Me sinto um novo homem.

Dorothy ficou intrigada, porque era muito esquisito escutar um homem estofado de palha falar e vê-lo se curvar e então caminhar ao seu lado.

— Quem é você? — perguntou o Espantalho, quando se esticou e bocejou. — E para onde vai?

— Meu nome é Dorothy — disse a menina — e estou a caminho da Cidade das Esmeraldas, para pedir ao Grande Oz que me envie de volta ao Kansas.

— Onde é a Cidade das Esmeraldas? — perguntou ele. — E quem é Oz?

— Ora, você não sabe? — respondeu ela, surpresa.

— Na verdade, não, não sei nada. Veja, sou todo estofado de palha, portanto, não tenho cérebro — respondeu ele, triste.

— Ah — disse Dorothy. — Sinto muito, de verdade.

— Você acha — perguntou ele — que, se eu for até à Cidade das Esmeraldas com você, Oz me daria um cérebro?

— Não sei dizer — respondeu ela —, mas você pode vir comigo, se quiser. Se Oz não quiser lhe dar um cérebro, você não vai ficar pior do que está.

— É verdade — disse o Espantalho. — Veja — confidenciou ele —, não me importo que meus braços e pernas estejam estofados, porque assim não posso me machucar. Se alguém pisar nos dedos dos meus pés ou espetar um alfinete em mim, não importa, porque não sinto nada. Mas não quero que as pessoas me chamem de bobo, e se minha cabeça continuar estofada de palha em vez de ter um cérebro, como a sua, como eu vou saber de alguma coisa?

— Entendo como se sente — disse a menininha, que estava mesmo com pena dele. — Se quiser vir comigo, vou pedir a Oz que faça tudo o que puder por você.

— Obrigado — respondeu ele, agradecido.

Eles tomaram o caminho de volta à estrada. Dorothy o ajudou a passar por cima da cerca, e eles começaram a caminhar ao longo da estrada de tijolos amarelos, em direção à Cidade das Esmeraldas.

A princípio, Totó não gostou nem um pouco daquele convidado a mais na festa. Ficou farejando em volta do homem estofado, como se desconfiasse que havia um ninho de ratos no meio da palha, e várias vezes rosnou hostil para o Espantalho.

— Não se importe com o Totó — disse Dorothy ao seu novo amigo. — Ele nunca morde.

— Ah, não estou com medo — respondeu o Espantalho. — Ele não vai conseguir me machucar. Deixe-me carregar a sua cesta, não me importo em fazer isso, pois não fico cansado. Vou lhe contar um segredo — continuou ele, enquanto caminhava. — Há uma única coisa no mundo da qual eu tenho medo.

— E o que é? — perguntou Dorothy. — É o fazendeiro munchkin, que fez você?

— Não — respondeu o Espantalho. — É um fósforo aceso.

4

A estrada através da floresta

Depois de algumas horas, a estrada começou a ficar muito acidentada, e as dificuldades da caminhada foram aumentando tanto que o Espantalho tropeçou várias vezes nos tijolos amarelos, que foram ficando muito irregulares. Na verdade, às vezes até quebrados ou ausentes, deixando buracos pelos quais Totó saltava, mas Dorothy os evitava, desviando-se deles. Quanto ao Espantalho, por não ter cérebro, ele apenas ia em frente, pisando nos buracos e caindo com seu corpo inteiro sobre os duros tijolos. No entanto, isso nunca o machucava, e Dorothy o pegava de volta e o colocava de novo em pé, então ele se juntava a ela, rindo alegremente da própria desgraça.

Ali, as fazendas não eram tão bem cuidadas quanto as anteriores pelas quais haviam passado. Havia menos casas e menos árvores frutíferas, e, quanto mais eles avançavam, mais sombrias e tristes as terras iam se tornando.

À tardezinha, eles se sentaram à margem da estrada, perto de um pequeno riacho, e Dorothy abriu a cesta e pegou um pouco de pão. Ofereceu um pedaço ao Espantalho, mas ele recusou.

— Nunca sinto fome — disse ele —, e isso é bom, pois minha boca é apenas pintada, se eu cortasse uma abertura nela para poder comer, a palha do meu estofamento escaparia, e isso estragaria o formato da minha cabeça.

Dorothy viu logo que era verdade, então apenas acenou com a cabeça e continuou comendo o pão.

— Conte-me algo sobre você e o país de onde vem — disse o Espantalho quando ela terminou de comer. Então ela lhe contou tudo sobre o Kansas, como tudo lá era cinzento, e como o ciclone a havia levado àquele estranho país de Oz.

O Espantalho ouviu tudo com atenção e disse:

— Não consigo entender por que você quer deixar este lindo país e voltar ao lugar árido e cinzento que chama de Kansas.

— É porque você não tem cérebro — respondeu a menina. — Não importa se o nosso lar é árido e cinzento, nós, pessoas de carne e ossos, gostamos de viver nele, mais do que em qualquer outro lugar, mesmo que seja muito bonito. Não há lugar no mundo como o nosso lar.

O Espantalho suspirou.

— É claro que não consigo compreender isso — disse ele. — Se a sua cabeça fosse estofada de palha como a minha, provavelmente vocês viveriam nos lugares bonitos, e não haveria gente nenhuma no Kansas. É uma sorte para o Kansas que vocês tenham cérebro.

— Por que você não me conta uma história enquanto estamos descansando? — perguntou a menina.

O Espantalho olhou para ela com ar de reprovação e respondeu:

— Minha vida tem sido tão curta que na verdade eu não sei nada. Fui feito apenas anteontem. O que aconteceu no mundo antes disso é totalmente desconhecido para mim. Por sorte, quando o fazendeiro fez minha cabeça, uma das primeiras coisas que ele fez foi pintar minhas orelhas, para eu ouvir o que estava acontecendo. Havia outro munchkin com ele, e a primeira coisa que ouvi foi o fazendeiro dizendo: "Você gosta dessas orelhas?". "Elas não estão retas", respondeu o outro. "Não importa", disse o fazendeiro, "continuam sendo orelhas", o que era bem verdadeiro. "Agora farei os olhos", disse o fazendeiro. Então ele pintou meu olho direito, e, tão logo terminou de pintar, eu já me vi olhando para ele e para tudo à minha volta com uma grande curiosidade, pois era meu primeiro vislumbre do mundo. "É um olho muito bonito", disse o munchkin que estava observando o fazendeiro, "o azul é a cor certa para os olhos." "Acho que vou fazer o outro olho um pouco maior", disse o fazendeiro. E quando o segundo olho foi feito, consegui enxergar bem melhor do que antes. Então ele fez meu nariz e minha boca. Mas eu não conseguia falar, pois naquela ocasião eu não sabia para que servia a boca. E me diverti enquanto os observava fazendo meu corpo, e meus braços, e minhas pernas; e quando enfim colocaram minha cabeça, me senti muito orgulhoso, pois achei que eu era um homem tão bom quanto qualquer outro. "Esse rapaz vai espantar os corvos bem depressa", disse o fazendeiro. "Ele parece mesmo um homem." "Ora, ele é um homem", disse o outro, e eu concordei com ele. O fazendeiro me pôs debaixo do braço, me levou até o milharal e me colocou em pé, preso a uma estaca comprida, que foi como você me encontrou. Logo depois, ele e o amigo foram embora, me deixando sozinho. Não gostei de ser abandonado daquele jeito. Então tentei ir atrás deles. Mas meus pés não conseguiam tocar o chão, por isso fui obrigado a permanecer preso àquela estaca. Foi uma vida solitária, não havia nada em que pensar, pois eu tinha sido feito muito pouco tempo antes. Muitos corvos e outros pássaros voavam para o milharal, mas, assim que me viam, iam embora, pensando que eu era um munchkin. Isso me deixava muito feliz, pois eu me sentia uma pessoa importante. De vez em quando, um velho corvo voava perto de mim, e, depois de olhar para mim com cuidado, pousava no meu ombro e dizia: "Fico imaginando se esse fazendeiro pensou que ia me enganar desse jeito grosseiro. Qualquer corvo sensato pode ver que você é só estofado com palha". Então ele pulava para baixo, sobre os meus pés, e comia todo milho que quisesse. Ao verem que ele não era atacado por mim, os outros pássaros também iam comer o milho, assim, em pouco tempo, se formou um grande bando deles à minha volta. Eu ficava triste com aquilo, porque isso revelava que, afinal de contas, eu não era um espantalho tão bom assim. Mas o velho corvo me consolava, dizendo: "Se você tivesse um cérebro dentro da cabeça, seria um homem tanto quanto qualquer um deles, e um homem melhor do que alguns deles. A única coisa que vale a pena se ter neste mundo é um cérebro, não importa se você é um corvo ou um homem". Depois que os corvos foram embora, fiquei pensando nisso e decidi que ia tentar de tudo para ter um cérebro. Por sorte, você chegou e me retirou da estaca, e a partir do que você me contou, tenho certeza de que o Grande Oz me dará um cérebro, assim que chegarmos à Cidade das Esmeraldas.

— Espero que sim — disse Dorothy bem séria —, pois você parece bem ansioso para ter um.

— Ah, sim, estou ansioso — respondeu o Espantalho. — É um sentimento muito desconfortável saber que sou um bobo.

— Bem — disse a menina —, vamos em frente. — E ela entregou a cesta ao Espantalho.

Não havia mais cercas à beira da estrada, e os campos eram áridos e sem lavouras. Com a noite se aproximando, eles chegaram a uma grande floresta, onde as árvores haviam crescido tanto e estavam tão juntas que seus galhos se tocavam por cima da estrada de tijolos amarelos. Estava meio escuro debaixo das árvores, pois os galhos impediam a entrada da luz do dia. Porém, os viajantes não pararam, e resolveram entrar na floresta.

— Se essa estrada tem uma entrada, também tem uma saída — disse o Espantalho. — E como a Cidade das Esmeraldas fica na outra extremidade da estrada, devemos ir para onde ela está nos conduzindo.

— Qualquer um sabe disso — disse Dorothy.

— Com certeza, é por isso que eu também sei — respondeu o Espantalho. — Se fosse preciso ter um cérebro para descobrir isso, eu nunca teria dito.

Depois de mais ou menos uma hora, a claridade foi embora, e eles ficaram tropeçando na escuridão. Dorothy não conseguia enxergar nada, mas Totó sim, porque alguns cães enxergam muito bem no escuro, e o Espantalho declarou que conseguia enxergar no escuro tão bem quanto durante o dia. Então, ela pegou no braço dele e conseguiu caminhar com mais facilidade.

— Se você conseguir ver alguma casa ou algum lugar em que possamos passar a noite — disse ela —, me avise, pois é muito desconfortável caminhar na escuridão.

Logo depois o Espantalho parou.

— Estou vendo uma pequena cabana à nossa direita — disse ele —, construída com toras de madeira e galhos. Vamos até lá?

— Sim, claro — respondeu a criança. — Estou muito cansada.

O Espantalho a guiou através das árvores até chegarem à cabana; Dorothy entrou e encontrou uma cama de folhas secas em um canto. Deitou-se imediatamente, e, com Totó ao seu lado, logo caiu num sono profundo. O Espantalho, que nunca se cansava, ficou em pé em outro canto, esperando, paciente, até o amanhecer.

5

O resgate do Homem de Lata

Quando Dorothy acordou, o sol brilhava através das árvores e Totó já estava do lado de fora havia algum tempo, perseguindo os passarinhos à sua volta e também os esquilos. Ela se sentou e olhou ao redor. Lá estava o Espantalho ainda em pé, paciente no seu canto, esperando por ela.

— Precisamos sair e procurar água — disse ela ao Espantalho.

— Por que você quer água? — perguntou ele.

— Para lavar a poeira da estrada do meu rosto e para beber, assim o pão ressecado não vai grudar na minha garganta.

— Deve ser bem inconveniente ser feito de carne — disse o Espantalho, pensativo —, pois você precisa dormir, comer e beber. Mas você tem um cérebro, e vale a pena o aborrecimento só para se pensar do jeito certo.

Eles deixaram a cabana e caminharam em meio às árvores, até que encontraram uma pequena fonte de água limpa, onde Dorothy bebeu água, se banhou e tomou seu desjejum. Ela viu que não restava muito pão na cesta, e sentiu-se grata pelo fato de o Espantalho não precisar comer nada, pois havia apenas o suficiente para ela e o Totó naquele dia.

Quando terminou a refeição e estava se preparando para voltar à estrada de tijolos amarelos, ficou espantada ao ouvir um profundo gemido próximo dali.

— O que foi isso? — perguntou ela, tímida.

— Nem consigo imaginar — respondeu o Espantalho —, mas podemos ir até lá e ver.

Logo depois, outro gemido chegou aos seus ouvidos, e o som parecia vir de trás deles. Eles voltaram e caminharam alguns passos pela floresta quando Dorothy descobriu alguma coisa brilhando sob um raio de sol que penetrava em meio às árvores. Ela correu ao local e parou de repente, com um gritinho de espanto.

Uma das grandes árvores havia sido cortada em parte, e, em pé ao lado dela, com um machado erguido nas mãos, havia um homem feito todo de lata. Sua cabeça, e seus braços e pernas eram articulados com o corpo, mas ele estava parado, totalmente imóvel, como se não pudesse se mexer de jeito nenhum.

Dorothy olhou para ele, surpresa, e o Espantalho fez o mesmo, enquanto Totó latia de forma estridente, dando até uma mordidinha na perna de lata do homem, o que machucou seus dentes.

— Você gemeu? — perguntou Dorothy ao Homem de Lata.

— Sim — respondeu o homem —, fui eu, estou gemendo há mais de um ano, e ninguém jamais me ouviu antes, nem veio me ajudar.

— O que posso fazer por você? — perguntou ela em tom suave, pois ficou emocionada com a voz triste daquele homem.

— Pegue uma lata de óleo e lubrifique as minhas juntas — respondeu ele. — Elas estão tão enferrujadas que não consigo me mexer. Se eu for bem lubrificado, logo vou ficar bom de novo. Você pode encontrar uma lata de óleo numa prateleira na minha cabana.

Na mesma hora, Dorothy correu de volta à cabana e pegou a lata de óleo; então retornou e perguntou, ansiosa:

— Onde ficam as suas juntas?

— Lubrifique o meu pescoço primeiro — respondeu o Homem de Lata.

Dorothy o lubrificou, e ele estava tão enferrujado que o Espantalho pegou a cabeça de lata e virou-a com cuidado de um lado ao outro, até que ela se moveu livremente, e o homem conseguir virá-la sozinho.

— Agora lubrifique as juntas dos meus braços — disse ele.

Então Dorothy lubrificou as juntas e o Espantalho dobrou os braços dele com cuidado até ficarem livres da ferrugem e tão bons como se fossem novos. O Homem de Lata soltou um suspiro de satisfação e abaixou o braço que segurava o machado, apoiando-o no tronco da árvore.

— É um grande alívio — disse ele. — Estive segurando esse machado no ar desde que me enferrujei, fico feliz por enfim conseguir soltá-lo. Agora, se você puder lubrificar as juntas das minhas pernas, vou ficar totalmente bom de novo.

Então, eles lubrificaram suas pernas até ele conseguir voltar a mexê-las livremente. Ele agradeceu mais uma vez pelo resgate, pois parecia ser uma criatura muito educada e muito grata.

— Eu poderia ter ficado ali para sempre se vocês não tivessem aparecido — disse ele. — Vocês salvaram a minha vida. Como vieram parar aqui?

— Estamos a caminho da Cidade das Esmeraldas para ver o grande Oz — respondeu ela. — E paramos na sua cabana para passar a noite.

— Por que desejam ver Oz? — perguntou ele.

— Quero que ele me mande de volta ao Kansas, e o Espantalho quer que ele coloque um cérebro na cabeça dele — respondeu ela.

Por um momento, o Homem de Lata pareceu ficar imerso em pensamentos. Então disse:

— Você acha que Oz poderia me dar um coração?

— Acho que sim — respondeu Dorothy. — Seria tão fácil como dar um cérebro ao Espantalho.

— Verdade — respondeu o Homem de Lata. — Então, se permitirem que eu me junte ao seu grupo, eu também gostaria de ir até a Cidade das Esmeraldas para pedir ajuda a Oz.

— Então venha — disse o Espantalho com gentileza, e Dorothy acrescentou que teria muito prazer em contar com a companhia dele. O Homem de Lata colocou o machado no ombro, e todos juntos passaram pela floresta até chegarem à estrada pavimentada com os tijolos amarelos.

O Homem de Lata pediu a Dorothy que guardasse a lata de óleo na cesta.

— É para o caso de ser surpreendido por uma chuva — disse ele — e acabar me enferrujando de novo, então vou precisar muito dessa lata de óleo.

Foi muita sorte o novo companheiro ter se juntado a eles, pois, tão logo recomeçaram a viagem, chegaram a um lugar em que as árvores e os galhos haviam crescido tão densos sobre a estrada que os viajantes não conseguiam passar. Mas o Homem de Lata começou a trabalhar com o machado e podou tudo tão bem que logo conseguiu abrir uma passagem para todo o grupo.

Enquanto caminhava, Dorothy ficou tão séria pensando, que nem percebeu quando o Espantalho tropeçou num buraco e rolou para a margem da estrada. De fato, ele foi obrigado a chamá-la para ajudá-lo a se levantar.

— Por que você não se desviou do buraco? — perguntou o Homem de Lata.

— Eu não sei o suficiente — respondeu o Espantalho, educado. — Sabe, minha cabeça é estofada de palha, é por isso que vou falar com Oz, para que ele me dê um cérebro.

— Ah, entendo — disse o Homem de Lata. — Mas, afinal de contas, cérebros não são a melhor coisa do mundo.

— Você tem um? — perguntou o Espantalho.

— Não, minha cabeça está vazia — respondeu o homem. — Mas eu já tive um cérebro e um coração. Assim, depois de experimentar os dois, prefiro ter um coração.

— E por que isso? — perguntou o Espantalho.

— Vou lhe contar a minha história, assim você saberá.

Então, enquanto caminhavam pela floresta, o Homem de Lata contou sua história:

— Sou filho de um lenhador que derrubava árvores na floresta e vendia a madeira para sobreviver. Quando cresci, também me tornei um lenhador, e depois que meu pai morreu, cuidei da minha velha mãe enquanto ela viveu. Então eu me convenci de que, em vez de ficar sozinho, deveria me casar para não me tornar uma pessoa solitária.

"Havia uma garota entre os munchkin tão bonita que logo comecei a amá-la com todo o meu coração. Ela prometeu se casar comigo assim que eu fosse capaz de ganhar dinheiro suficiente para construir uma casa melhor para ela. Comecei a trabalhar ainda mais duro. Mas a garota morava com uma velha que não queria que ela se casasse, pois essa mulher era tão preguiçosa que preferia que a garota ficasse com ela para cozinhar e fazer todo o serviço da casa. A velha foi procurar a Bruxa Malvada do Leste e lhe prometeu dois carneiros e uma vaca se ela conseguisse evitar o casamento. Então, a Bruxa Malvada enfeitiçou o meu machado, e quando eu estava cortando as árvores, no meu mais proveitoso dia de trabalho, pois estava animado para construir a nova casa e ter a minha esposa ao meu lado o mais depressa possível, o machado escorregou de repente e cortou a minha perna esquerda.

"A princípio, isso me pareceu uma grande desgraça, pois eu sabia que um homem de uma perna só não poderia ser um bom lenhador. Procurei um funileiro e pedi que fizesse uma nova perna de lata para mim. A perna funcionou muito bem, e logo me acostumei com ela. Porém, isso enfureceu a Bruxa Malvada do Leste, porque ela havia prometido à velha que eu não me casaria com a bela garota munchkin. Quando voltei a cortar árvores, meu machado escorregou de novo e cortou minha perna direita. Voltei a procurar o funileiro, e ele fez mais uma perna de lata para mim. Depois disso o machado enfeitiçado cortou meus braços, um após o outro, mas nada me desencorajou, pois os substituí por braços de lata. Então a Bruxa Malvada fez com que o machado escorregasse de novo e cortasse a minha cabeça, e eu pensei que fosse o meu fim. Mas por acaso o funileiro me encontrou e fez uma nova cabeça de lata para mim.

"Pensei ter derrotado a Bruxa Malvada, então trabalhei mais do que nunca, mas eu mal sabia como minha inimiga podia ser cruel. Ela encontrou outra maneira de matar o meu amor pela bela donzela munchkin, e fez com que meu machado escorregasse de novo, atravessando o meu corpo bem no meio, me dividindo em duas metades. E mais uma vez o funileiro veio me ajudar e fez um corpo de lata para mim, fixando a ele meus braços, pernas e cabeça de lata por meio das juntas, para que eu pudesse me mexer, melhor até do que antes. Mas ai de mim! Eu não tinha mais um coração, então perdi todo o meu amor pela garota munchkin, e já não me importava se me casaria com ela ou não. Imagino que ela ainda esteja vivendo com a velha, esperando que eu vá buscá-la.

"Meu corpo brilhava tanto ao sol que me sentia orgulhoso dele, então não importava mais se meu machado escorregasse, porque já não podia mais me cortar. Havia apenas um perigo: que minhas juntas se enferrujassem. Mas eu guardei uma lata de óleo em minha cabana e tomei cuidado em me lubrificar sempre que necessário. Mas chegou o dia em que me esqueci de fazer isso, e, surpreendido por uma tempestade, antes mesmo de me lembrar do perigo, minhas juntas já haviam se enferrujado, então fiquei parado no bosque até vocês aparecerem para me ajudar. Foi uma experiência terrível, mas, ao longo do ano em que fiquei ali, tive tempo de pensar, e concluí que a minha maior perda foi o meu coração. Enquanto eu estava apaixonado, era o homem mais feliz do mundo; mas ninguém pode amar sem ter um coração, por isso decidi pedir um a Oz. Se ele me atender, voltarei e me casarei com a garota munchkin."

Dorothy e o Espantalho ficaram muito interessados na história do Homem de Lata, e agora sabiam por que ele estava tão ansioso em ganhar um novo coração.

— Mas — disse o Espantalho — eu ainda vou pedir um cérebro em vez de um coração, pois um bobo não saberia o que fazer com um coração, se tivesse um.

— Eu vou pedir um coração — respondeu o Homem de Lata —, pois um cérebro não pode fazer ninguém feliz, e a felicidade é a melhor coisa do mundo.

Dorothy não disse nada, estava confusa, tentando saber qual dos seus dois amigos estava com a razão; então decidiu que, caso ela conseguisse voltar ao Kansas e à tia Ema, não seria mais tão importante se o Homem de Lata não tivesse cérebro e o Espantalho não tivesse coração, ou se cada um deles tivesse conseguido o que queria.

O que mais a preocupava era que o pão estava quase acabando, e outra refeição para ela e Totó deixaria a cesta vazia. Com certeza nem o Homem de Lata nem o Espantalho precisavam comer, mas ela não era feita de lata nem de palha e, se não se alimentasse, não sobreviveria.

6

O Leão Covarde

Durante todo aquele tempo, Dorothy e seus companheiros haviam caminhado através da densa floresta. A estrada continuava pavimentada com os tijolos amarelos, mas eles estavam cobertos de galhos secos e folhas mortas que caíam das árvores, e a caminhada não estava fácil.

Havia poucos pássaros naquela parte da floresta, porque eles preferiam o campo aberto, onde há bastante luz do sol. De vez em quando, ouvia-se um forte rugido em meio às árvores, de algum animal selvagem. Esses sons faziam o coração da menininha bater mais rápido, pois ela não sabia de onde vinham; mas Totó sabia, e ele começou a andar ao lado de Dorothy, bem junto a ela, sem nem latir em resposta.

— Quanto tempo ainda teremos de caminhar até chegarmos ao fim da floresta? — perguntou a criança ao Homem de Lata.

— Não sei dizer — foi a resposta —, nunca estive na Cidade das Esmeraldas. Mas meu pai foi até lá uma vez, quando eu ainda era um menino, e ele disse que era uma longa viagem por um país perigoso, apesar de o lugar próximo à cidade em que Oz vivia ser muito bonito. Mas não tenho medo, pois levo comigo minha lata de óleo, e nada pode machucar o Espantalho, e, enquanto você estiver com o sinal do beijo da bruxa bondosa em sua testa, isso vai protegê-la de todo perigo.

— Mas e o Totó? — disse a menina, ansiosa. — O que vai protegê-lo?

— Nós mesmos teremos de protegê-lo, se ele acabar em perigo — respondeu o Homem de Lata.

Mal ele acabou de falar, um terrível rugido veio da floresta, e, no momento seguinte, um grande Leão surgiu na estrada. Com um golpe de sua pata, ele atirou para o alto o pobre Espantalho, que, depois de girar no ar, foi parar na beira da estrada. Depois, com suas garras afiadas, atacou o Homem de Lata. Mas, para surpresa do Leão, não ficou nenhuma marca na lata, apesar de o homem ter caído na estrada e ficado ali deitado.

O pequeno Totó, agora que tinha de enfrentar um inimigo, correu latindo em direção ao Leão. A grande fera abriu a boca para morder o cão, mas Dorothy, com medo de que Totó fosse morto, e sem dar atenção ao perigo, correu até o Leão e, com toda força, lhe deu um tapa no nariz enquanto gritava:

— Não se atreva a morder o Totó! Você deveria se envergonhar, uma grande fera como você morder um pobre cãozinho!

— Eu não o mordi — disse o Leão, passando a pata no nariz, no local em que Dorothy lhe dera o tapa.

— Não, mas você tentou — retrucou ela. — Você não passa de um grande covarde.

— Eu sei — disse o Leão, abaixando a cabeça, envergonhado. — Eu sempre soube. Mas o que posso fazer?

— Não sei. Mas fico com muita raiva quando penso no seu ataque a um homem estofado como o pobre Espantalho!!

— Ele é estofado? — perguntou o Leão, surpreso, enquanto a observava pegar o Espantalho e colocá-lo de pé, arrumando-o para deixá-lo em forma de novo.

— É claro que ele é estofado — respondeu Dorothy, que ainda estava muito zangada.

— É por isso que ele foi aos ares com tanta facilidade — comentou o Leão. — Fiquei surpreso ao vê-lo girar daquele jeito. O outro também é estofado?

— Não — disse Dorothy —, ele é feito de lata.

Então ela ajudou o Homem de Lata a se erguer também.

— É por isso que ele quase acabou com as minhas garras — disse o Leão. — Quando elas arranharam a lata, senti um arrepio correr pela minha espinha. Que animalzinho é esse que você trata com tanto carinho?

— É o meu cão, Totó — respondeu Dorothy.

— E ele é feito de lata ou estofado? — perguntou o Leão.

— Nem um nem outro. Ele é um... um... um cão feito de carne — disse a menina.

— Ah! É um animal esquisito e parece muito pequenino, agora que estou vendo melhor. Ninguém pensaria em morder uma coisinha tão pequena, exceto um covarde como eu — continuou o Leão, triste.

— O que faz de você um covarde? — perguntou Dorothy, olhando admirada para a grande fera, porque ela era tão grande quanto um cavalo pequeno.

— É um mistério — respondeu o Leão. — Acho que nasci desse jeito. Todos os outros animais da floresta naturalmente esperam que eu seja corajoso, pois, em todos os lugares, o leão é considerado o rei dos animais. Aprendi que, se eu rugir bem alto, todo ser vivo ficaria com medo e sairia do meu caminho. Mas, toda vez que eu encontrava um homem, ficava muito apavorado. Então eu rugia para assustá-lo, e ele sempre fugia, correndo o mais rápido que pudesse. Quando os elefantes, os tigres e os ursos tentavam me atacar, eu é que fugia. Sou um tremendo covarde. Mas sempre que eles me ouviam rugir, todos tentavam fugir de mim, e é claro que eu os deixava ir embora.

— Mas isso não está certo. O rei da selva não deveria ser um covarde — disse o Espantalho.

— Eu sei — respondeu o Leão, enxugando uma lágrima do olho com a ponta da cauda. — É a minha grande desgraça, e torna minha vida muito infeliz. Sempre que há um perigo, meu coração começa a bater mais depressa.

— Talvez você tenha uma doença no coração — disse o Homem de Lata.

— Pode ser — disse o Leão.

— Se for o caso — continuou o Homem de Lata —, você deveria ficar feliz, pois prova que você tem um coração. Quanto a mim, eu não tenho coração, portanto, não posso ter uma doença no coração.

— Talvez — disse o Leão, pensativo —, se eu não tivesse um coração, não seria covarde.

— Você tem um cérebro? — perguntou o Espantalho.

— Acho que sim, nunca tentei descobrir — respondeu o Leão.

— Estou indo ao encontro do Grande Oz para pedir que ele me dê um cérebro — comentou o Espantalho —, pois minha cabeça está estofada com palha.

— E eu vou pedir que ele me dê um coração — disse o Homem de Lata.

— E eu vou pedir que ele me mande, com o Totó, de volta ao Kansas — acrescentou Dorothy.

— Você acha que Oz poderia me dar coragem? — perguntou o Leão Covarde.

— Tão fácil quanto ele poderia me dar um cérebro — respondeu o Espantalho.

— Ou me dar um coração — disse o Homem de Lata.

— Ou me mandar de volta ao Kansas — acrescentou Dorothy.

— Então, se não se importarem, vou junto com vocês — disse o Leão —, pois minha vida é simplesmente insuportável sem um pouco de coragem.

— Você será muito bem-vindo — respondeu Dorothy —, pois vai ajudar a manter as outras feras selvagens afastadas. Parece que elas são mais covardes do que você, já que permitem que você as assuste com tanta facilidade.

— E são mesmo — disse o Leão —, mas isso não me torna mais feroz, e, enquanto eu me considerar um covarde, serei infeliz.

Assim, mais uma vez o pequeno grupo retomou a caminhada, com o Leão dando passos imponentes ao lado de Dorothy. No começo, Totó não aprovou o novo companheiro de viagem, porque não conseguia esquecer que quase fora esmagado pelas grandes mandíbulas do Leão. Mas, depois de um tempo, ele ficou mais à vontade, e Totó e o Leão Covarde se tornaram bons amigos.

No restante daquele dia, eles não se envolveram em nenhuma outra aventura para estragar a paz da viagem. Na verdade, só uma vez o Homem de Lata tropeçou num besouro que rastejava ao longo da estrada e matou a pobre criaturinha. Isso o deixou muito triste, pois sempre tomava cuidado para não machucar nenhuma criatura viva; então, ao longo da caminhada, ele começou a chorar muitas lágrimas de arrependimento. Essas lágrimas correram devagar pelo seu rosto e sobre as dobradiças de suas mandíbulas, que logo enferrujaram. Quando Dorothy fez uma pergunta, o Homem de Lata não conseguiu abrir a boca, pois as mandíbulas haviam emperrado. Ele ficou muito assustado e fez vários movimentos para mostrar a ela que precisava ajudá-lo, mas ela não conseguia entender. O Leão também ficou confuso, sem saber o que havia de errado. Mas o Espantalho tirou a lata de óleo da cesta de Dorothy e lubrificou as mandíbulas do homem, assim, depois de alguns minutos, ele voltou a falar tão bem quanto antes.

— Isso vai me servir de lição — disse ele — para que eu veja onde estou pisando. Porque, se eu matar outro besouro ou inseto, com certeza vou chorar de novo, as lágrimas vão enferrujar minhas mandíbulas e não conseguirei mais falar.

Dali em diante, ele caminhou com muito cuidado, com os olhos na estrada. Quando via uma formiguinha passar, saltava por cima dela, para não a machucar. O Homem de Lata sabia muito bem que não tinha coração e, portanto, tomava muito cuidado para nunca ser cruel nem grosseiro com nada nem ninguém.

— Vocês com coração — disse ele — têm algo para guiá-los e nunca erram, mas, como não tenho, preciso ser muito cuidadoso. Se Oz me der um coração, é claro que não vou precisar mais me preocupar tanto.

7

A jornada ao encontro do Grande Oz

Naquela noite, eles foram obrigados a acampar ao ar livre, debaixo de uma grande árvore na floresta, pois não havia casas por perto. A árvore lhes proporcionou uma boa e densa cobertura que os protegeu do sereno, e o Homem de Lata cortou uma grande pilha de lenha com o machado. Dorothy acendeu uma esplêndida fogueira, que a aqueceu e fez com que se sentisse menos solitária. Totó e ela dividiram o último pedaço de pão, sem saber o que teriam para comer no café da manhã.

— Se você quiser — disse o Leão —, vou até a floresta e mato um veado. Você pode assá-lo no fogo, pois seu paladar é tão peculiar que você prefere alimentos cozidos. Então terá um café da manhã muito bom.

— Não! Por favor, não! — implorou o Homem de Lata. — Com certeza vou chorar se você matar um pobre veado, então minhas mandíbulas vão se enferrujar de novo.

Porém, o Leão foi para a floresta e encontrou sua própria refeição, e nenhum deles soube o que era, porque ele não contou para ninguém. O Espantalho encontrou uma árvore repleta de nozes e encheu a cesta de Dorothy, para que ela não sentisse fome por um bom tempo. Ela achou aquilo muito gentil e delicado da parte do Espantalho, mas riu com ternura do jeito esquisito com que a pobre criatura colhia as nozes. Suas mãos de palha eram tão desajeitadas e as nozes tão pequenas que ele deixava cair no chão quase a mesma quantidade que colocava na cesta. Mas o Espantalho não se importava com quanto tempo levaria para encher a cesta, porque isso o manteria afastado do fogo; ele receava que uma centelha pudesse penetrar na palha e atear fogo nele. Por isso, ficou a uma boa distância das chamas e só se aproximou para cobrir Dorothy de folhas secas quando ela se deitou para dormir. As folhas a mantiveram bastante aquecida e confortável, e ela dormiu profundamente até a manhã.

Quando surgiu a luz do dia, a menina lavou o rosto num pequeno riacho borbulhante, e logo depois todos retomaram a caminhada em direção à Cidade das Esmeraldas.

Aquele seria um dia repleto de acontecimentos para os viajantes. Mal tinham caminhado por uma hora quando viram à sua frente uma grande vala que atravessava a estrada e dividia a floresta em duas partes e ia até onde a vista alcançava. Era uma vala muito larga. Quando chegaram à beirada dela e olharam para dentro, puderam ver que também era muito profunda e havia muitas pedras no fundo. As encostas laterais eram tão íngremes que nenhum deles conseguiria descer, e, por um instante, pareceu que a viagem chegara ao fim.

— O que vamos fazer? — perguntou Dorothy, desesperada.

— Não tenho a mínima ideia — disse o Homem de Lata.

O Leão sacudiu sua ampla juba e ficou pensativo, e o Espantalho disse:

— Não podemos voar, isso é certo, nem descer nessa grande vala. Portanto, como não podemos saltar por cima dela, vamos ter que parar aqui mesmo, onde estamos.

— Acho que eu conseguiria saltar por cima dela — disse o Leão Covarde, depois de medir com cuidado a distância em sua mente.

— Então está bem — respondeu o Espantalho. — Você poderá levar todos nós nas costas, um de cada vez.

— Está bem, vou tentar — disse o Leão. — Quem será o primeiro?

— Eu vou — declarou o Espantalho —, pois, se você não conseguir saltar sobre a vala, Dorothy morreria, e o Homem de Lata ficaria todo amassado no choque com as pedras lá embaixo. Mas, se eu estiver nas suas costas, não terá tanta importância, pois a queda não vai me machucar.

— Tenho muito medo de cair — disse o Leão Covarde —, mas acho que não há nada a fazer além de tentar. Então suba nas minhas costas e vamos tentar.

O Espantalho sentou-se nas costas do Leão, e a grande fera caminhou até a beirada da vala, e se agachou.

— Por que você não corre e salta? — perguntou o Espantalho.

— Porque não é assim que nós, leões, fazemos essas coisas — respondeu ele.

Então, dando um grande salto, ele se atirou para cima e depois pousou são e salvo no outro lado. Todos ficaram muito admirados ao verem como ele conseguia fazer aquilo com tanta facilidade, e, depois que o Espantalho desceu de suas costas, o Leão voltou a saltar por cima da vala.

Dorothy se ofereceu para ser a próxima. Ela pegou Totó nos braços e subiu nas costas do Leão, segurando firme a mão na juba. No momento seguinte, ela sentiu como se estivesse voando pelos ares, depois, antes de ter tempo de pensar nisso, já estava a salvo do outro lado. O Leão voltou pela terceira vez para buscar o Homem de Lata, e então todos se sentaram por alguns instantes para dar a ele uma oportunidade de descansar, pois seus grandes saltos o haviam deixado muito cansado, e ele ofegava como um grande cão depois de uma longa corrida.

A floresta lhes pareceu muito densa daquele lado, também muito escura e sombria. Depois que o Leão descansou, eles voltaram a caminhar ao longo da estrada de tijolos amarelos, imaginando em silêncio, cada um deles, se chegariam ao final da floresta e se alcançariam os claros raios do sol novamente. Para somar ao seu desconforto, logo escutaram barulhos estranhos que vinham do fundo da floresta, e o Leão sussurrou que era naquele local que moravam os Kalidahs.

— O que são os Kalidahs? — perguntou a menina.

— São feras monstruosas com corpo de urso e cabeça de tigre — respondeu o Leão. — E com garras tão longas e afiadas que eles poderiam me cortar em dois, com tanta facilidade quanto eu poderia matar o Totó. Tenho um medo terrível dos K alidahs.

— Não me surpreende que você tenha medo — respondeu Dorothy. — Eles devem ser feras assustadoras.

O Leão ia responder quando, de repente, eles chegaram à outra vala que atravessava a estrada. Mas esta era tão larga e profunda que o Leão logo viu que não conseguiria saltar sobre ela.

Então eles se sentaram para pensar no que deveriam fazer, e, depois de uma séria reflexão, o Espantalho disse:

— Há uma grande árvore bem próxima da vala, e se o Homem de Lata puder cortá-la, de modo que ela caia do outro lado, vamos conseguir atravessar com facilidade.

— É uma ideia ótima — disse o Leão. — Dá até para suspeitar que você já tem um cérebro na cabeça, em vez de palha.

O Homem de Lata começou a trabalhar imediatamente, e seu machado era tão afiado que o tronco da árvore foi quase cortado por inteiro. Então o Leão colocou suas potentes patas dianteiras na árvore e a empurrou com toda a força. A grande árvore foi se inclinando devagar e caiu, com um forte estrondo, sobre a vala, com os galhos do topo apoiados do outro lado.

Mas eles mal tinham começado a atravessar aquela estranha ponte quando um rugido agudo fez com que todos olhassem para cima e, com horror, viram, correndo ao seu encontro, duas grandes feras com corpo de urso e cabeça de tigre.

— São os Kalidahs! — disse o Leão Covarde, começando a tremer.

— Rápido! — gritou o Espantalho. — Vamos atravessar.

Então Dorothy foi a primeira, com Totó nos braços, o Homem de Lata a seguiu, e o Espantalho foi logo atrás. O Leão, apesar de muito medo, virou-se para encarar os Kalidahs e deu um rugido tão forte e terrível que Dorothy gritou e o Espantalho caiu de costas, e até as terríveis feras pararam de repente e olharam para ele, admiradas.

Mas, ao perceberem que eram maiores do que o Leão, e lembrando que eram dois e havia apenas um na frente deles, os Kalidahs avançaram novamente, e o Leão passou depressa sobre a árvore e se virou para ver o que eles fariam em seguida. Sem parar nem por um instante, as feras bravias também começaram a passar sobre a árvore. Então o Leão disse a Dorothy:

— Estamos perdidos, pois com certeza eles vão nos despedaçar com aquelas garras afiadas. Mas fique logo atrás de mim, porque, enquanto eu viver, vou lutar contra eles.

— Espere um minuto! — chamou o Espantalho. Ele esteve pensando no que seria melhor fazer, então pediu ao Homem de Lata para cortar a extremidade da árvore que havia ficado do lado deles da vala. O homem logo começou a usar o machado, e, assim que os dois Kalidahs já tinham quase atravessado, a árvore caiu com um forte estrondo dentro da vala, levando consigo os feios brutamontes, que se despedaçaram sobre as pedras pontiagudas do fundo.

— Bem — disse o Leão Covarde, dando um longo suspiro de alívio. — Vejo que ainda vamos viver por um bom tempo, e fico feliz com isso, pois deve ser uma coisa muito desconfortável não estar vivo. Essas criaturas me assustaram tanto que meu coração ainda está batendo forte.

— Ah — disse o Homem de Lata, triste —, bem que eu gostaria de ter um coração que batesse.

Essa aventura fez com que os viajantes ficassem mais ansiosos do que nunca em sair da floresta, e andaram tão depressa que Dorothy ficou cansada e teve de subir nas costas do Leão. Para alegria deles, as árvores foram ficando mais finas à medida que avançavam, e à tarde chegaram de repente a um rio muito largo, correndo depressa bem à frente deles. Eles conseguiram ver, do outro lado do rio, a estrada de tijolos amarelos passando por uma bela campina, com relvas verdes, cobertas de flores, e, ao longo de toda a estrada, árvores repletas de frutas deliciosas. Sentiram um grande prazer quando viram aquele campo tão agradável bem na frente deles.

— Como vamos atravessar o rio? — perguntou Dorothy.

— Isso vai ser fácil — respondeu o Espantalho. — O Homem de Lata terá de construir uma jangada para alcançarmos a outra margem.

O Homem de Lata pegou o machado e começou a cortar pequenas árvores para construir uma balsa, e, enquanto fazia isso, o Espantalho encontrou uma árvore carregada de frutas deliciosas na margem do rio. Isso agradou a Dorothy, pois não tinha comido nada o dia inteiro além de nozes, então conseguiu fazer uma refeição abundante de frutas maduras.

Mas a construção de uma jangada demora um tempo, mesmo sendo incansável e habilidoso como o Homem de Lata. Quando a noite chegou, o trabalho ainda não estava terminado. Então eles encontraram um lugar aconchegante sob as árvores, onde dormiram profundamente até a manhã. Dorothy sonhou com a Cidade das Esmeraldas e o bom Mágico de Oz, que logo a enviaria de volta para casa.

8

O campo mortal de papoulas

Pela manhã, nosso pequeno grupo de viajantes despertou repousado e pleno de esperança. Dorothy tomou o café da manhã como uma princesa, com pêssegos e ameixas das árvores nas margens do rio. Para trás havia ficado a floresta escura que atravessaram em segurança, apesar de terem sofrido muitos contratempos desencorajadores; mas adiante havia um campo adorável e ensolarado que parecia acenar para eles, convidando-os a prosseguir até a Cidade das Esmeraldas.

Mas agora estava claro que o largo rio os separava dessas belas terras. A jangada estava quase pronta, e, depois que o Homem de Lata cortou mais alguns troncos e os prendeu com pregos de madeira, estavam prontos para zarpar. Dorothy logo se sentou no meio da jangada, segurando Totó nos braços. Mas, quando o Leão Covarde subiu na jangada, ela se inclinou demais, pois ele era grande e pesado; mas o Espantalho e o Homem de Lata foram para a outra extremidade, para equilibrá-la, e com longas varas nas mãos começaram a empurrar a jangada pela água.

No início foi tudo bem, mas, quando chegaram à metade do rio, a forte correnteza empurrou a jangada rio abaixo, e eles foram se distanciando cada vez mais da estrada de tijolos amarelos. A água foi ficando tão profunda que as varas não tocavam mais o fundo.

— Isso não é bom — disse o Homem de Lata —, pois, se não conseguirmos voltar a terra firme, vamos ser carregados às terras da Bruxa Malvada do Oeste, e ela vai nos enfeitiçar e nos tornar escravos.

— E então eu não vou ganhar um cérebro — disse o Espantalho.

— E eu não vou ganhar coragem — disse o Leão Covarde.

— E eu não vou ganhar um coração — disse o Homem de Lata.

— E eu nunca mais vou poder voltar ao Kansas — disse Dorothy.

— Com toda certeza precisamos chegar à Cidade das Esmeraldas, se pudermos — prosseguiu o Espantalho.

E ele empurrou com tanta força que sua longa vara ficou presa na lama do fundo do rio. Então, antes que conseguisse puxá-la de volta, ou largá-la, a jangada foi levada embora pela correnteza, e o pobre Espantalho ficou pendurado na vara no meio do rio.

— Adeus! — gritou ele de longe, e o grupo ficou muito triste em deixá-lo. E o Homem de Lata até começou a chorar, mas felizmente lembrou-se de que poderia enferrujar, então enxugou as lágrimas no avental de Dorothy.

É claro que isso era muito ruim para o Espantalho.

Agora estou numa situação pior do que quando encontrei Dorothy pela primeira vez, pensou ele. *Naquela ocasião, fui enfiado numa vara no meio de um milharal, onde eu podia fingir que estava espantando os corvos, a qualquer custo. Mas com certeza não há nenhuma utilidade para um espantalho enfiado numa vara no meio de um rio. Acho que, afinal de contas, nunca vou ter um cérebro!*

Quando chegou à parte baixa do rio, a jangada apenas flutuou, e o pobre Espantalho foi deixado muito para trás. Então o Leão disse:

— Precisamos fazer algo para nos salvar. Acho que consigo nadar até a margem e puxar a jangada, se vocês segurarem firme a ponta da minha cauda.

Então, ele pulou na água, e o Homem de Lata segurou firme na cauda. O Leão começou a nadar com toda a força em direção à margem. Era um trabalho difícil, apesar de ele ser tão grande. Mas, aos poucos, foram sendo puxados para fora da correnteza, e Dorothy pegou a longa vara do Homem de Lata e os ajudou a empurrar a jangada até a terra firme.

Quando enfim alcançaram a margem e pisaram na bela relva verde, estavam todos exaustos; mas também sabiam que a correnteza os carregara por uma longa distância, longe da estrada de tijolos amarelos que os levaria à Cidade das Esmeraldas.

— O que faremos agora? — perguntou o Homem de Lata quando o Leão se deitou no gramado para se secar ao sol.

— Precisamos voltar à estrada, de algum modo — disse Dorothy.

— O melhor plano será caminharmos ao longo da margem do rio até chegarmos à estrada de novo — observou o Leão.

Então, quando se recuperaram do cansaço, Dorothy pegou a cesta e eles começaram a caminhar ao longo do gramado da margem, até a estrada da qual o rio os distanciara tanto. Era uma região muito bonita, com muitas flores, árvores frutíferas e raios de sol para desfrutarem, e, se não se sentissem tão tristes pelo pobre Espantalho, estariam até muito felizes.

Caminharam o mais depressa que podiam, e Dorothy parou apenas uma vez para pegar uma bela flor; e depois de algum tempo o Homem de Lata gritou:

— Olhem!

Então todos olharam para o rio e viram o Espantalho preso à vara no meio da água, parecendo muito solitário e triste.

— O que podemos fazer para salvá-lo? — perguntou Dorothy.

O Leão e o Homem de Lata sacudiram a cabeça, pois não sabiam o que fazer. Então eles se sentaram na margem e ficaram olhando, melancólicos, para o Espantalho, até que uma cegonha passou voando. Ao vê-los, a cegonha parou para descansar à beira da água.

— Quem são vocês e aonde estão indo? — perguntou a cegonha.

— Eu sou a Dorothy — respondeu a menina —, e estes aqui são meus amigos, o Homem de Lata e o Leão Covarde. Estamos a caminho da Cidade das Esmeraldas.

— A estrada não é essa — disse a cegonha, virando o longo pescoço e olhando diretamente para o estranho grupo.

— Eu sei — respondeu Dorothy —, mas perdemos o Espantalho, agora estamos pensando em como vamos conseguir trazê-lo de volta.

— Onde ele está? — perguntou a cegonha.

— Ali, no meio do rio — respondeu a menininha.

— Se ele não for muito grande e pesado, posso buscá-lo para você — observou a cegonha.

— Ele não é nem um pouco pesado — disse Dorothy, ansiosa —, pois é estofado com palha. Se você o trouxer de volta para nós, vamos ficar eternamente gratos.

— Bem, vou tentar — disse a cegonha —, mas, se eu achar que ele é muito pesado, vou ter de largá-lo no rio de novo.

Então a grande ave saiu voando por cima da água até chegar ao lugar em que o Espantalho estava preso à vara. A cegonha, com suas grandes garras, pegou o Espantalho pelo braço e o carregou pelos ares, de volta à margem, onde Dorothy e o Leão e o Homem de Lata e Totó estavam sentados, esperando.

Ao se encontrar de novo com seus amigos, o Espantalho ficou tão feliz que abraçou todos eles, até mesmo o Leão e Totó. Quando retomaram a caminhada, ele cantou "Tol-de-ri-de-oh!" a cada passo, de tão alegre que estava.

— Senti muito medo de ficar no rio para sempre — disse ele —, mas essa cegonha tão gentil me salvou, e, se um dia eu tiver o meu cérebro, vou tentar encontrá-la de novo e lhe farei algum favor, como retribuição.

— Tudo bem — disse a cegonha, que estava voando ao lado deles. — Sempre gosto de ajudar qualquer um que esteja em apuros. Mas agora preciso ir, pois meus bebês estão esperando por mim no ninho. Espero que vocês encontrem a Cidade das Esmeraldas e que Oz os ajude.

— Obrigada — respondeu Dorothy, e então a cegonha gentil voou para o céu e logo sumiu de vista.

Continuaram a caminhada, ouvindo o canto dos pássaros de cores brilhantes e observando as belas flores, que foram se tornando tão densas que o chão ficou coberto com elas. Havia grandes flores amarelas, brancas, azuis e púrpura, ao lado de grandes grupos de papoulas escarlate, de cores tão brilhantes que quase ofuscaram os olhos de Dorothy.

— Não são lindas? — perguntou a menina, aspirando o forte perfume daquelas flores brilhantes.

— Acho que sim — respondeu o Espantalho. — Quando eu tiver um cérebro, vou acabar gostando mais delas.

— Se eu tivesse um coração, eu as amaria — acrescentou o Homem de Lata.

— Sempre gostei de flores — disse o Leão. — Elas parecem tão desamparadas e frágeis. Mas na floresta não há flores tão brilhantes como essas.

Então eles foram encontrando uma quantidade cada vez maior das grandes papoulas escarlate, e cada vez menos das outras flores; e logo se viram no meio de um grande campo de papoulas. Sabe-se que, quando há muitas dessas flores juntas, o seu odor é tão poderoso que, ao aspirá-lo, a pessoa adormece, e, se o adormecido não for levado para longe do perfume das flores, pode continuar dormindo para sempre. Mas Dorothy não sabia disso e também não podia se afastar das brilhantes flores vermelhas, que estavam por todo lado; então suas pálpebras ficaram pesadas, e ela sentiu que precisava se sentar para descansar e dormir.

Mas o Homem de Lata não quis deixá-la fazer isso.

— Precisamos correr e voltar para a estrada de tijolos amarelos antes que escureça — disse ele, e o Espantalho concordou.

Eles continuaram andando até Dorothy não aguentar mais. Seus olhos se fecharam, apesar de ela tentar mantê-los abertos; ela não se lembrou mais de onde estava e, quase adormecida, caiu no meio das papoulas.

— O que vamos fazer? — perguntou o Homem de Lata.

— Se a deixarmos aqui, ela morrerá — disse o Leão. — O perfume das flores está nos matando. Eu mesmo quase não consigo manter os olhos abertos, e o cãozinho também já adormeceu.

Era verdade, Totó havia caído ao lado da pequena dona. Mas o Espantalho e o Homem de Lata, como não eram feitos de carne, não ficaram perturbados pelo perfume das flores.

— Corra depressa — disse o Espantalho ao Leão. — Saia já deste mortal canteiro de flores, o mais depressa que puder. Vamos levar a menininha conosco, mas, se você cair no sono, não vamos conseguir carregá-lo, você é grande demais.

Então o Leão despertou e, com um salto, saiu correndo o mais rápido que pôde. Num instante, já tinha sumido.

— Vamos fazer uma cadeira com nossas mãos e carregar a Dorothy — disse o Espantalho ao Homem de Lata.

Eles pegaram Totó e o colocaram no colo de Dorothy, fizeram uma cadeira com as mãos, usaram os braços como apoio, e carregaram a menina adormecida entre eles, através das flores.

Caminharam muito, e parecia que o grande tapete de flores mortais que os cercava nunca chegaria ao fim. Seguiram pela curva do rio e enfim encontraram seu amigo, o Leão, deitado entre as papoulas, quase dormindo. As flores foram fortes demais para a enorme fera, e ele por fim desistiu, caindo a uma curta distância do final do canteiro das papoulas, onde a relva macia se espalhava em belos campos verdes à frente.

— Não podemos fazer nada por ele — disse o Homem de Lata, triste. — Ele é pesado demais para nós, não vamos conseguir erguê-lo. Temos de deixá-lo aqui, dormindo para sempre, e talvez ele sonhe que finalmente encontrou a sua coragem.

— Sinto muito — disse o Espantalho. — O Leão foi um companheiro bom demais para alguém que se dizia covarde. Mas vamos embora.

Eles levaram a menina adormecida até um lugar bonito ao lado do rio, longe o bastante do campo de papoulas, para evitar que ela aspirasse mais daquele veneno das flores, e ali a deitaram com cuidado sobre a grama macia e esperaram que a brisa fresca a despertasse.

9

A rainha dos ratos do campo

— Acho que não estamos muito longe da estrada de tijolos amarelos — disse o Espantalho, em pé ao lado da menina —, pois agora estamos perto do lugar em que o rio nos levou embora.

O Homem de Lata estava prestes a responder quando ouviu um rosnado abafado e, ao virar a cabeça (que funcionava muito bem com as dobradiças), viu uma estranha fera saltitando sobre a relva em sua direção. Era, de fato, um grande gato selvagem amarelo, e o Homem de Lata imaginou que ele devia estar caçando alguma coisa, pois suas orelhas estavam abaixadas, bem junto à cabeça, e a boca estava bem aberta, mostrando duas fileiras de dentes muito feios, enquanto os olhos vermelhos brilhavam como bolas de fogo. Quando ele se aproximou, o Homem de Lata viu que, correndo à frente da fera, havia um pequeno rato cinzento do campo, e, apesar de não ter coração, sabia que era errado o gato selvagem tentar matar uma criaturinha tão bonita e inofensiva.

Então o Homem de Lata ergueu o machado e, quando o gato selvagem passou à sua frente, deu um rápido golpe que decapitou o animal, fazendo com que a cabeça, cortada em duas partes, rolasse aos seus pés.

Agora que estava livre do inimigo, o rato do campo parou de repente e, aproximando-se devagar do Homem de Lata, disse, numa vozinha estridente:

— Ah, muito obrigado! Muito obrigado por salvar minha vida.

— Não diga isso, por favor — respondeu o Homem de Lata. — Você sabia que eu não tenho coração? Por isso tenho o cuidado de ajudar todos aqueles que possam precisar de um amigo, mesmo se for só um rato.

— Só um rato! — gritou o animalzinho, indignado. — Ora, eu sou uma rainha, a rainha de todos os ratos do campo!

— Ah, é mesmo? — disse o Homem de Lata, fazendo uma reverência.

— Portanto, você realizou uma grande façanha, assim como uma façanha muito corajosa, ao salvar minha vida — acrescentou a rainha.

Naquele instante, diversos ratos foram vistos correndo o mais rápido que suas perninhas conseguiam levá-los e, quando viram a rainha, exclamaram:

— Ó, Vossa Majestade, pensamos que seria apanhada e morta! Como Vossa Majestade conseguiu escapar do grande gato selvagem? — perguntaram eles, inclinando-se tanto diante da pequena rainha que quase ficaram de pé sobre a cabeça.

— Esse Homem de Lata tão engraçado — respondeu ela — matou o gato selvagem e salvou minha vida. Assim, de agora em diante, todos vocês devem servi-lo e obedecer a qualquer ordem dele.

— Faremos isso, sim! — gritaram todos os ratos, num coro estridente. Depois correram em todas as direções, pois Totó havia despertado de seu sono e, ao ver todos aqueles ratos ao redor, latiu de prazer e saltou bem para o meio do grupo. Ele gostava muito de caçar ratos quando vivia no Kansas e não via nada de mal nisso.

Mas o Homem de Lata pegou o cão nos braços e o segurou com firmeza, enquanto gritava para os ratos:

— Voltem! Voltem! Totó não vai machucá-los.

Ao ouvir isso, a rainha dos ratos colocou a cabeça para fora de uma moita de grama e perguntou, com uma voz tímida:

— Você tem certeza de que ele não vai nos morder?

— Não vou deixá-lo fazer isso — disse o Homem de Lata —, portanto, não fiquem com medo.

Um a um os ratos voltaram rastejando, e Totó não latiu mais, apesar de tentar livrar-se dos braços do Homem de Lata, e até o teria mordido caso não soubesse muito bem que ele era feito de lata. Por fim, um dos ratos maiores falou:

— Há alguma coisa que possamos fazer — perguntou ele — para recompensá-lo por ter salvado a vida de nossa rainha?

— Nada que possa lembrar agora — respondeu o Homem de Lata, mas o Espantalho, que tentava pensar, sem conseguir porque sua cabeça era estofada com palha, disse depressa:

— Ah, sim, vocês vão conseguir salvar nosso amigo, o Leão Covarde, que está adormecido no canteiro das papoulas.

— Um leão! — gritou a pequena rainha. — Ora, ele vai comer todos nós!

— Ah, não — declarou o Espantalho. — Esse leão é um covarde!

— É mesmo? — perguntou o rato.

— É o que ele mesmo diz — respondeu o Espantalho. — E ele jamais machucaria um amigo nosso. Se vocês nos ajudarem a salvá-lo, prometo que ele tratará todos vocês com muita gentileza.

— Muito bem — disse a rainha —, confiamos em você. — Mas o que devemos fazer?

— Há muitos desses ratos que a chamam de rainha e que vão lhe obedecer?

— Ah, sim, há milhares — respondeu ela.

— Então avise todos para que venham aqui o mais depressa possível e peça a cada um que traga um longo pedaço de corda.

A rainha virou-se para os ratos que a acompanhavam e disse que fossem imediatamente chamar todos os outros. Tão logo ouviram suas ordens, eles partiram em todas as direções o mais rápido possível.

— Agora — disse o Espantalho ao Homem de Lata —, você terá de ir até aquelas árvores junto à margem do rio e fazer um vagão para carregar o Leão.

O Homem de Lata foi imediatamente até o lugar indicado pelo Espantalho, onde se encontravam as árvores, e começou a trabalhar. Logo conseguiu fazer um vagão com os galhos, dos quais cortou todas as folhas e ramos. Usou cavilhas de madeira para juntar as partes e fez as quatro rodas com pequenos pedaços de um grande tronco de árvore. Ele trabalhou tão rápido e tão bem que, no momento em que os ratos começaram a voltar, o vagão já estava pronto.

Eles vieram de todas as direções, e havia milhares deles; ratos grandes, e pequenos, e médios, e cada um vinha com um pedaço de corda na boca. Foi nesse momento que Dorothy despertou de seu longo sono e abriu os olhos. Ela ficou muito surpresa ao se ver deitada na relva, com milhares de ratos em volta, tímidos, olhando para ela. Mas o Espantalho lhe contou tudo o que acontecera e, virando-se para a respeitada ratinha, disse:

— Permita-me lhe apresentar Sua Majestade, a rainha.

Dorothy assentiu com um ar muito sério, enquanto a rainha fazia uma reverência, assim passou a tratar a menina com muita gentileza.

O Espantalho e o Homem de Lata começaram a amarrar os ratos ao vagão, usando os pedaços de corda que eles haviam trazido. Uma das extremidades da corda foi amarrada em volta do pescoço de cada rato, e a outra extremidade ao vagão. É claro que o vagão era mil vezes maior do que qualquer um dos ratos que iria puxá-lo, mas, quando todos fossem atrelados a ele, conseguiriam puxá-lo com facilidade. Até mesmo o Espantalho e o Homem de Lata puderam sentar-se nele e foram lentamente levados pelos seus estranhos cavalinhos até o local em que o Leão estava dormindo.

Depois de um trabalho muito difícil, porque o Leão era pesado, eles conseguiram colocá-lo sobre o vagão. Então a rainha, às pressas, deu a seu povo a ordem de partir, pois temia que os ratos ficassem muito tempo no meio das papoulas e também adormecessem.

No início, as criaturinhas, embora fossem muitas, tiveram dificuldades em mover o vagão, carregado com peso demais; mas o Homem de Lata e o Espantalho o empurraram por trás, o que melhorou bastante a movimentação. Logo, eles conseguiram tirar o Leão do canteiro das papoulas e levá-lo até os campos de relva verde onde, em vez do perfume venenoso das flores, havia um ar suave e fresco, e ele pôde voltar a respirar.

Dorothy foi até lá e agradeceu calorosamente aos ratinhos por terem salvado seu amigo da morte. Ela se sentia tão orgulhosa do grande Leão que ficou muito feliz com seu resgate.

Os ratinhos foram desamarrados do vagão e saíram correndo pela relva, em direção às suas casas. A rainha dos ratos foi a última a ir embora.

— Se precisarem de nós de novo — disse ela —, venham para os campos e chamem, então logo chegaremos correndo para ajudá-los. Adeus!

— Adeus! — responderam todos, e a rainha foi embora apressada, enquanto Dorothy segurava Totó com força para que ele não corresse atrás dela e a assustasse.

Depois disso, eles se sentaram ao lado do Leão até que ele despertasse, e o Espantalho levou algumas frutas de uma árvore próxima para Dorothy, que as comeu no jantar.

10

O guarda do portão

Passou-se um tempo até que o Leão Covarde despertasse, pois ele havia ficado deitado no meio das papoulas por tempo demais, inspirando aquele perfume mortal; mas, quando abriu os olhos e rolou para fora do vagão, ficou muito feliz ao perceber que ainda estava vivo.

— Corri o mais depressa que pude — disse ele, sentando-se e bocejando —, mas as flores foram mais fortes do que eu. Como vocês conseguiram me tirar de lá?

Então eles contaram sobre os ratos do campo e como foram generosos e o salvaram da morte. O Leão Covarde riu e disse:

— Sempre achei que eu fosse muito grande e terrível, mas essas coisinhas, como as flores, quase me mataram, e esses animais tão pequenos como os ratinhos salvaram minha vida. Como tudo isso é estranho! Mas, companheiros, o que vamos fazer agora?

— Vamos continuar viajando até encontrarmos de novo a estrada de tijolos amarelos — disse Dorothy. — Então poderemos prosseguir até a Cidade das Esmeraldas.

Com o Leão totalmente recuperado e sentindo-se quase como ele mesmo de novo, todos recomeçaram a jornada, desfrutando muito da caminhada através da relva macia e fresca. Não levou muito tempo para que alcançassem a estrada de tijolos amarelos e retomassem o rumo em direção à Cidade das Esmeraldas, onde vivia o Grande Oz.

Agora, a estrada se tornou lisa e bem pavimentada e o campo em volta era lindo, então os viajantes ficaram felizes em deixar a floresta para trás e, com ela, os muitos perigos que enfrentaram em suas sombras escuras. Mais uma vez eles encontraram cercas construídas à margem da estrada; mas eram pintadas de verde, e quando chegaram a uma graciosa casinha, evidentemente ocupada por um fazendeiro, ela também era pintada de verde. Eles passaram por muitas dessas casas durante a tarde, e às vezes as pessoas abriam a porta e olhavam para eles como se quisessem fazer perguntas. Mas ninguém se aproximava nem falava com eles, por causa do grande leão, que os deixava com muito medo. Todas as pessoas usavam roupas verde-esmeralda e chapéus pontudos, como aqueles dos munchkins.

— Esse deve ser o país de Oz — disse Dorothy — e com toda certeza estamos chegando perto da Cidade das Esmeraldas.

— Sim — respondeu o Espantalho. — Aqui tudo é verde, enquanto nas terras dos munchkins a cor preferida era o azul. Mas as pessoas não parecem ser tão gentis quanto os munchkins, e penso que não vamos conseguir encontrar um lugar para passar a noite.

— Eu gostaria de comer algo que não fosse fruta — disse a menina — e tenho certeza de que Totó está faminto. Vamos parar na próxima casa e falar com os moradores.

Então, assim que chegaram a uma grande casa de fazenda, Dorothy caminhou, audaciosa, até a porta e bateu.

Uma mulher abriu, mas apenas o suficiente para olhar para fora, e disse:

— O que você quer, menina, e por que esse leão tão grande está com você?

— Queremos passar a noite aqui, se você nos permitir — respondeu Dorothy. — O Leão é meu amigo e companheiro, e nunca machucaria você.

— Ele é manso? — perguntou a mulher, abrindo a porta mais um pouco.

— Ah, sim — respondeu a menina. — E também é um grande covarde. Ele tem mais medo de você do que você dele.

— Bem — disse a mulher, depois de pensar mais um pouco e dar mais uma espiadinha no Leão —, se for esse o caso, vocês podem entrar, eu lhes darei uma refeição e um lugar para dormir.

Então todos entraram na casa em que, além da mulher, moravam duas crianças e um homem. O homem tinha uma perna machucada e estava deitado em um sofá num canto da sala. Os moradores pareciam surpresos ao ver um grupo tão estranho, e, enquanto a mulher arrumava os pratos na mesa, o homem perguntou:

— Para onde vocês vão?

— Para a Cidade das Esmeraldas — disse Dorothy —, para ver o Grande Oz.

— Ah, não diga! — exclamou o homem. — Tem certeza de que Oz vai receber vocês?

— Por que não? — respondeu ela.

— Bem, dizem que ele nunca deixa ninguém chegar perto dele. Estive na Cidade das Esmeraldas muitas vezes, é um lugar bonito e maravilhoso, mas nunca me permitiram ver o Grande Oz, e também não conheço nenhuma pessoa que o tenha visto.

— Ele nunca sai? — perguntou o Espantalho.

— Nunca. Dia após dia, ele permanece sentado no grande salão do trono de seu palácio, e mesmo aqueles que ficam aguardando para falar com ele não chegam a vê-lo face a face.

— Como ele é? — perguntou a menina.

— É difícil de dizer — disse o homem, pensativo. — Veja, Oz é um grande mágico, e pode assumir qualquer forma que quiser. Então alguns dizem que ele se parece com um pássaro, outros que ele se parece com um elefante, e outros ainda que ele se parece com um gato. Para muitos ele aparece como uma bela fada, ou um duende, ou qualquer outra forma que o agrade. Mas quem Oz é de verdade, quando está na própria forma, ninguém jamais conseguiu dizer.

— Isso é muito estranho — disse Dorothy —, mas precisamos tentar vê-lo, de algum modo, senão toda a viagem será em vão.

— Por que você quer ver o terrível Oz? — perguntou o homem.

— Quero que ele me dê um cérebro — disse o Espantalho, ansioso.

— Ah, Oz poderia fazer isso facilmente — declarou o homem. — Ele tem mais cérebros do que precisa.

— E eu quero que ele me dê um coração — disse o Homem de Lata.

— Isso não será um problema — continuou o homem —, pois Oz tem uma grande coleção de corações, de todos os formatos e tamanhos.

— E eu quero que ele me dê coragem — disse o Leão Covarde.

— Oz mantém um grande pote cheio de coragem em sua sala do trono — disse o homem —, que ele cobriu com uma placa de ouro, para impedir que transborde. Ele ficará feliz em lhe dar um pouco.

— E eu quero que ele me mande de volta ao Kansas — disse Dorothy.

— Onde fica o Kansas? — perguntou o homem, surpreso.

— Eu não sei — respondeu Dorothy, triste —, mas é o meu lar, e tenho certeza de que está em algum lugar.

— É bem provável. Bem, Oz pode fazer qualquer coisa. Portanto, suponho que ele encontrará o Kansas para você. Mas antes você vai precisar vê-lo, e essa é uma tarefa difícil, pois o Grande Mágico não gosta de ver ninguém e costuma fazer a própria vontade. Mas o que VOCÊ quer? — continuou ele, falando com Totó. O cãozinho apenas abanou a cauda, porque, é estranho dizer, mas ele não sabia falar.

Então a mulher os chamou, dizendo que o jantar estava pronto, e eles se reuniram em volta da mesa. Dorothy comeu um delicioso mingau, uma tigela de ovos mexidos e um prato de pão branco, apreciou bastante a refeição. O Leão comeu uma porção do mingau, mas não gostou muito, dizendo que era feito de aveia, e aveia era comida de cavalos, não de leões. O Espantalho e o Homem de Lata não comeram nada. Totó comeu um pouco de tudo e ficou feliz em desfrutar de uma boa refeição de novo.

A mulher deu a Dorothy uma cama para dormir, e Totó deitou-se ao seu lado, enquanto o Leão ficou de guarda na porta do quarto para que ela não fosse perturbada. O Espantalho e o Homem de Lata ficaram em pé num canto e se mantiveram em silêncio a noite inteira, apesar de, é claro, eles não poderem dormir.

Pela manhã, tão logo o sol nasceu, eles se puseram a caminho e logo viram um belo brilho verde no céu, bem diante deles.

— Deve ser a Cidade das Esmeraldas — disse Dorothy.

À medida que se aproximavam, o brilho verde tornava-se cada vez mais intenso, e parecia que, enfim, a viagem estava acabando. Já era de tarde quando chegaram à grande muralha que cercava a cidade. Era alta e espessa, de uma brilhante cor verde.

Diante deles, e no final da estrada de tijolos amarelos, havia um grande portão cravejado de esmeraldas, que reluziam tanto ao sol que até mesmo os olhos pintados do Espantalho ficaram ofuscados pelo brilho.

Havia uma campainha ao lado do portão, e Dorothy, depois de apertá-la, logo ouviu um tilintar metálico vindo de dentro. Então o grande portão se abriu devagar e todos entraram, se viram num recinto de arcos muito altos, cujas paredes brilhavam com incontáveis esmeraldas.

Diante deles surgiu um homenzinho com quase a mesma altura dos munchkins. Estava todo vestido de verde, dos pés à cabeça, e até mesmo sua pele era de uma cor esverdeada. Ao seu lado havia uma grande caixa verde.

Quando viu Dorothy e seus companheiros, o homem perguntou:

— O que vocês desejam na Cidade das Esmeraldas?

— Viemos até aqui para ver o Grande Oz — disse Dorothy.

O homem ficou tão surpreso com essa resposta que até se sentou para pensar.

— Já se passaram tantos anos desde que alguém me pediu para ver Oz — disse ele, sacudindo a cabeça de tanta perplexidade. — Ele é poderoso e terrível, e se vocês vieram até aqui com uma incumbência vã e tola, para perturbar as sábias reflexões do Grande Mágico, ele poderá ficar zangado e destruir todos vocês num piscar de olhos.

— Mas não é uma incumbência tola nem vã — respondeu o Espantalho. — É algo muito importante. E nos disseram que Oz é um bom mágico.

— E é mesmo — disse o homem verde. — Ele governa muito bem a Cidade das Esmeraldas, com muita sabedoria. Mas para aqueles que não são honestos, ou se aproximam dele só por curiosidade, ele é terrível, e poucos já ousaram pedir que ele mostrasse o rosto. Eu sou o guarda do portão, e, como vocês estão pedindo para ver o grande Oz, devo levá-los ao palácio. Mas antes precisam colocar os óculos.

— Por quê? — perguntou Dorothy.

— Porque, se vocês não usarem óculos, o brilho e a glória da Cidade das Esmeraldas poderão cegá-los. Até mesmo os que vivem na cidade precisam usar óculos dia e noite. Esses óculos estão todos trancados, pois Oz ordenou que fizessem isso quando a cidade foi construída, e eu tenho a única chave que poderá destrancá-los.

Ele abriu a grande caixa, e Dorothy viu que ela estava repleta de óculos de todos os tamanhos e formatos. Todos tinham lentes verdes. O guarda do portão encontrou um par que caberia exatamente em Dorothy, e colocou-os nela. Duas fitas douradas coladas neles passavam pela parte de trás de sua cabeça, onde eram presas uma à outra por uma pequena chave que ficava na extremidade de uma corrente, que o guarda do portão usava em volta do pescoço. Depois de colocar os óculos, Dorothy não conseguiria tirá-los se quisesse, mas é claro que ela não desejava ficar cega com o brilho da Cidade das Esmeraldas, portanto, não disse nada.

Então o homem verde colocou óculos no Espantalho e no Homem de Lata e no Leão e até mesmo no pequeno Totó; e todos logo foram fechados com a chave.

O guarda do portão colocou os próprios óculos e disse a eles que estava pronto para acompanhá-los ao palácio. Ele tirou uma grande chave dourada de um prego na parede, abriu outro portão, e todos o seguiram até as ruas da Cidade das Esmeraldas.

11

A maravilhosa cidade de Oz

Mesmo com os olhos protegidos pelos óculos verdes, a princípio, Dorothy e seus amigos foram ofuscados pelo brilho da maravilhosa cidade. As ruas estavam margeadas por belas casas, todas construídas com mármore verde, e em todos os lugares engastadas com as esmeraldas reluzentes. Eles caminharam sobre um piso do mesmo mármore verde, e, onde os blocos se juntavam, havia fileiras de esmeraldas assentadas bem próximas e cintilando ao brilho do sol. As vidraças das janelas eram de vidro verde, e até mesmo o céu por cima da cidade tinha uma tonalidade verde, e os raios de sol também eram verdes.

Havia muita gente passeando — homens, mulheres e crianças —, todos estavam vestidos com roupas verdes, e até a pele deles era esverdeada. Olhavam para Dorothy e seu estranho grupo com admiração, e as crianças corriam para se esconder atrás de suas mães quando viam o Leão; mas ninguém falou com eles. Havia muitas lojas ao longo da rua, e Dorothy viu que tudo nelas era verde. Ofereciam algodão-doce verde e pipocas verdes, assim como sapatos verdes, chapéus verdes e roupas verdes de todos os tipos. Num local um homem vendia limonada verde, e, quando as crianças a compraram, Dorothy pôde ver que pagaram com moedas verdes.

Parecia não haver cavalos nem animais de qualquer tipo; os homens carregavam as coisas em pequenos carrinhos verdes, que empurravam. Todos pareciam felizes, e contentes, e prósperos.

O guarda do portão conduziu-os pelas ruas até chegarem a um grande edifício, exatamente no meio da cidade, que era o palácio de Oz, o Grande Mágico. Havia um soldado na frente da porta, usando um uniforme verde e com uma longa barba verde.

— São estrangeiros — disse o guarda do portão ao soldado —, estão pedindo para ver o grande Oz.

— Entrem — respondeu o soldado —, vou levar sua mensagem a ele.

Então eles passaram através dos portões do palácio e foram conduzidos até uma grande sala com um carpete verde e um belo mobiliário verde enfeitado com esmeraldas. O soldado mandou que todos limpassem os pés num capacho verde antes de entrarem na sala, e, quando já estavam sentados, ele disse, educado:

— Por favor, fiquem à vontade enquanto vou até a porta da sala do trono e digo a Oz que vocês estão aqui.

Eles tiveram de esperar muito tempo até o soldado voltar. Quando finalmente voltou, Dorothy perguntou:

— Você viu Oz?

— Ah, não — respondeu o soldado. — Eu nunca o vi. Mas falei com ele quando ele estava sentado atrás do biombo e lhe transmiti a mensagem. Ele disse que os receberá em audiência, se vocês desejarem; mas cada um de vocês deverá entrar sozinho em sua presença, ele vai admitir apenas um a cada dia. Portanto, como vocês terão de ficar no palácio por vários dias, vou mostrar os quartos onde poderão descansar com todo o conforto depois dessa viagem.

— Obrigada — respondeu a menina —, é muita gentileza de Oz.

O soldado soprou um apito verde, e imediatamente uma jovem usando um vestido bonito de seda verde entrou no recinto. Ela tinha um belo cabelo verde e olhos verdes e fez uma reverência diante de Dorothy, enquanto dizia:

— Venha e eu vou lhe mostrar o seu quarto.

Dorothy se despediu de todos os seus amigos com exceção de Totó e, pegando o cãozinho nos braços, seguiu a moça verde através de sete passagens e para cima por sete lanços de escada, até chegarem a um quarto na parte da frente do palácio. Era o quartinho mais encantador do mundo, com uma cama macia e confortável, lençóis de seda verde e colcha de veludo verde. Uma pequena fonte no meio do quarto borrifava um perfume verde no ar, que depois caía numa bacia de mármore verde, belamente esculpida. Havia belas flores verdes nas janelas, e uma estante com uma fileira de livrinhos verdes. Quando Dorothy teve tempo de abrir esses livros, viu que estavam repletos de imagens verdes esquisitas, que a fizeram dar muita risada, pois eram bem engraçadas.

Um guarda-roupa continha muitos vestidos verdes feitos de seda, cetim e veludo, e todos cabiam exatamente em Dorothy.

— Sinta-se em casa — disse a moça verde. — E se quiser alguma coisa, toque a sineta. Oz irá chamá-la amanhã de manhã.

Ela deixou Dorothy sozinha e voltou para falar com os outros. Conduziu-os também para seus quartos, e cada um deles se viu instalado numa parte muito agradável do palácio. É claro que essa gentileza foi toda desperdiçada no caso do Espantalho, pois, quando ele se viu sozinho no quarto, ficou de pé estupidamente num único lugar bem próximo à porta, para esperar até a manhã seguinte. Deitar-se não o faria descansar, e ele também não conseguia fechar os olhos, portanto, permaneceu a noite inteira olhando para uma pequena aranha que tecia sua teia num canto do quarto, como se aquele não fosse um dos mais maravilhosos quartos do mundo. O Homem de Lata deitou-se na cama apenas por força do hábito, pois lembrou-se da época em que era feito de carne; mas, como não conseguia dormir, passou a noite inteira movimentando suas juntas para cima e para baixo, para certificar-se de que estariam em boa forma no dia seguinte. O Leão teria preferido uma cama de folhas secas na floresta e não gostou de ser colocado num quarto, mas ele tinha bom senso de sobra para não ficar chateado, então saltou para cima da cama, enrolou-se e ronronou como um gato, adormecendo num instante.

Pela manhã, depois do café da manhã, a camareira verde veio buscar Dorothy e vestiu-a com um dos mais belos vestidos do guarda-roupa, feito de brocado de cetim verde. Dorothy também vestiu um avental de seda verde e amarrou uma fita verde em volta do pescoço de Totó, e todos se dirigiram à sala do trono do grande Oz.

Primeiro, eles entraram num grande vestíbulo, onde havia muitas senhoras e cavalheiros da corte, todos vestidos com ricas indumentárias. Essas pessoas não tinham nada a fazer além de conversar entre si, mas sempre vinham, todas as manhãs, para esperar do lado de fora da sala do trono, apesar de nunca terem tido permissão para ver Oz. Quando Dorothy entrou, todos olharam para ela com muita curiosidade, e um deles sussurrou:

— Você vai mesmo olhar para a face de Oz, o Terrível?

— É claro — respondeu a menina —, se ele quiser me ver.

— Ah, ele vai vê-la — disse o soldado que levara a mensagem dela ao mágico —, apesar de ele não gostar que as pessoas peçam para vê-lo. É verdade que no início ele ficou zangado e disse que eu deveria enviá-la de volta para o lugar de onde veio. Depois, ele me perguntou como você era, e, quando mencionei seus sapatos prateados, ele ficou muito interessado. Por fim, eu lhe contei a respeito do sinal em sua testa, então ele permitiu que você falasse com ele.

Naquele instante, soou uma campainha, e a moça verde disse a Dorothy:

— Esse é o sinal. Você precisa ir até a sala do trono sozinha.

Ela abriu uma pequena porta e Dorothy entrou, determinada, e se viu num lugar maravilhoso. Era um grande recinto redondo com um teto muito alto, em arcos, e as paredes, o teto e o piso estavam cobertos de grandes esmeraldas, assentadas bem próximas umas das outras. No centro do teto havia uma grande luminária, brilhante como o sol, que fazia as esmeraldas cintilarem de forma incrível.

Mas o que mais interessou Dorothy foi o grande trono de mármore verde, no meio do recinto. Tinha o formato de uma poltrona e era revestido de pedras preciosas, como todo o resto. No centro da poltrona havia uma enorme cabeça, sem um corpo para sustentá-la, nem braços ou pernas ou algo do tipo. Não havia cabelo nessa cabeça, mas ela tinha olhos, e nariz, e boca, e era bem maior do que a cabeça do maior dos gigantes.

Quando Dorothy olhou para aquilo com admiração e medo, os olhos daquela cabeça viraram-se devagar e a encararam com um olhar fixo e penetrante. Então a boca se moveu, e Dorothy ouviu uma voz dizer:

— Eu sou Oz, o Grande e Terrível. Quem é você, e por que está me procurando?

Não era uma voz tão horrível como ela esperava que viria da grande cabeça; então tomou coragem e respondeu:

— Eu sou Dorothy, a Pequena e Mansa. Vim vê-lo para pedir sua ajuda.

Os olhos a fitaram, pensativos, por um minuto. Então a voz disse:

— Onde você conseguiu esses sapatos prateados?

— Eu os peguei da Bruxa Malvada do Leste, quando minha casa caiu sobre ela e a matou — respondeu.

— Onde você conseguiu esse sinal em sua testa? — continuou a voz.

— Foi a bruxa bondosa do Norte que me beijou quando se despediu de mim e me enviou a você — disse a menina.

Os olhos voltaram a se fixar nela e viram que ela estava dizendo a verdade. Então Oz perguntou:

— O que você quer que eu faça?

— Quero que me mande de volta ao Kansas, onde estão a minha tia Ema e o meu tio Henry — respondeu ela com ar sério. — Não gosto de seu país, apesar de ele ser tão bonito. Tenho certeza de que a tia Ema está bastante preocupada com a minha longa ausência.

Os olhos de Oz piscaram três vezes, viraram-se para o teto e depois para o piso, e começaram a rolar de forma tão estranha que pareciam estar olhando para cada canto do recinto. Por fim, olharam para Dorothy de novo.

— Por que eu deveria fazer isso por você? — perguntou Oz.

— Porque você é forte, e eu sou fraca. Porque você é o Grande Mágico, e eu sou apenas uma menininha.

— Mas você foi bastante forte para matar a Bruxa Malvada do Leste — disse Oz.

— Isso simplesmente aconteceu — respondeu Dorothy —, não pude fazer nada para evitar.

— Bem — disse a cabeça —, vou lhe dar minha resposta. Você não pode esperar que eu a mande de volta ao Kansas, a menos que faça algo em troca para mim. Neste país todo mundo precisa pagar por cada coisa que recebe. Se você quiser que eu use meus poderes mágicos para enviá-la de volta para casa, deverá fazer algo para mim primeiro. Ajude-me, e eu a ajudarei.

— O que devo fazer? — perguntou a menina.

— Matar a Bruxa Malvada do Oeste — respondeu Oz.

— Mas não consigo! — exclamou Dorothy, muito surpresa.

— Você matou a bruxa do Leste e está usando os sapatos prateados dela, que contêm um feitiço poderoso. Agora há apenas uma bruxa malvada em todo este lugar, e, quando você me disser que ela está morta, eu a mandarei de volta ao Kansas, mas não antes.

A menininha, muito desapontada, começou a chorar; e aqueles olhos voltaram a piscar e olharam para ela, ansiosos, como se o Grande Oz sentisse que ela poderia ajudá-lo, se quisesse.

— Eu nunca matei ninguém de propósito — soluçou ela. — Mesmo se eu quisesse, como eu poderia matar a Bruxa Malvada? Se você, que é Grande e Terrível, não consegue matá-la, como espera que eu o faça?

— Não sei — disse a cabeça —, mas essa é a minha resposta, e, enquanto a Bruxa Malvada não morrer, você não verá seu tio e sua tia de novo. Lembre-se de que a bruxa é malvada, tremendamente malvada, e deve ser morta. Agora vá, e não peça para voltar a me ver enquanto não cumprir a tarefa.

Muito triste, Dorothy deixou a sala do trono e voltou para o lugar em que o Leão, o Espantalho e o Homem de Lata estavam à sua espera, para saber o que Oz lhe havia dito.

— Não há esperança para mim — disse ela, triste —, porque Oz não me mandará para casa enquanto eu não matar a Bruxa Malvada do Oeste; e isso eu nunca vou conseguir fazer.

Seus amigos sentiram muito, mas não poderiam fazer nada para ajudá-la; então Dorothy foi para o quarto, deitou-se na cama e chorou até adormecer.

Na manhã seguinte, o soldado com os bigodes verdes chamou o Espantalho e disse:

— Venha comigo, Oz o está chamando.

Então o Espantalho o seguiu e foi admitido na grande sala do trono, onde viu, sentada no trono de esmeraldas, a mais adorável das mulheres. Usava uma roupa de gaze de seda verde, e sobre seus verdes cachos etéreos ela exibia uma coroa de pedras preciosas. De seus ombros saíam asas, de um belo colorido, e tão leves que flutuavam ao mais sutil movimento do ar.

Quando, diante da bela criatura, o Espantalho fez uma reverência, a mais graciosa que seu estofamento de palha permitiu, ela olhou para ele com doçura e disse:

— Eu sou Oz, o Grande e Terrível. Quem é você e por que me procura?

O Espantalho ficou muito confuso, pois esperava ver a grande cabeça que Dorothy lhe descrevera; mas respondeu, corajoso:

— Sou apenas um Espantalho, estofado com palha. Portanto, não tenho cérebro, e venho aqui para lhe suplicar que coloque um cérebro na minha cabeça no lugar da palha, para que eu me torne um homem como qualquer outro de seus domínios.

— E por que eu deveria fazer isso por você? — perguntou a mulher.

— Porque você é sábia e poderosa, e ninguém mais pode me ajudar — respondeu o Espantalho.

— Eu nunca faço favores sem um retorno — disse Oz —, mas isso posso lhe prometer. Se matar a Bruxa Malvada do Oeste para mim, eu lhe darei um grande cérebro, um cérebro tão bom que você será o homem mais sábio em todo o país de Oz.

— Pensei que você tivesse pedido a Dorothy que matasse a bruxa — disse o Espantalho, surpreso.

— Pedi, sim, não me importa quem irá matá-la. Mas, enquanto ela não for morta, não realizarei seu desejo. Agora vá, e não me procure de novo enquanto não merecer o cérebro que tanto quer.

O Espantalho voltou para os amigos, desolado, e contou-lhes o que Oz lhe havia dito. Dorothy ficou surpresa ao saber que o Grande Mágico não era uma cabeça, como ela havia visto, mas uma bela dama.

— É a mesma coisa — disse o Espantalho —, ela precisa de um coração, tanto quanto o Homem de Lata.

Na manhã seguinte, o soldado dos bigodes verdes aproximou-se do Homem de Lata e disse:

— Oz me mandou chamá-lo. Venha.

O Homem de Lata o seguiu e entrou na grande sala do trono. Ele não sabia se encontraria Oz como uma bela dama ou como uma cabeça, mas esperava que fosse a bela dama. "Porque", disse ele a si mesmo, "se for a cabeça, tenho certeza de que não receberei um coração, pois uma cabeça não tem um coração próprio e, portanto, não poderá sentir por mim. Mas, se for a bela dama, pedirei com fervor que ela me dê um coração, pois dizem que todas as mulheres têm um coração muito gentil."

Mas, quando o Homem de Lata entrou na grande sala do trono, não viu nem a cabeça nem a mulher, porque Oz assumira a forma de um terrível animal. Era quase tão grande quanto um elefante, e o trono verde não parecia forte o suficiente para suportar seu peso. O animal tinha uma cabeça como a de um rinoceronte, mas na parte frontal tinha cinco olhos. Cinco longos braços saíam do seu corpo assim como cinco pernas longas e finas. Todas as partes do seu corpo eram cobertas de uma pelagem densa e crespa, e não se podia imaginar um monstrengo com uma aparência mais assustadora do que aquele. Foi até uma sorte o Homem de Lata não ter um coração naquele instante, pois bateria forte e acelerado de tanto terror. Mas sendo apenas de lata, o homem não sentiu tanto medo, apesar de estar bastante desapontado.

— Eu sou Oz, o Grande e Terrível — disse o animal, numa voz que era um único grande rugido. — Quem é você e por que me procura?

— Sou um homem feito de lata. Mas não tenho coração, por isso não posso amar. Eu lhe suplico que me dê um coração para que eu seja como os outros homens.

— Por que eu deveria fazer isso? — perguntou o animal.

— Porque estou lhe pedindo, e só você pode atender ao meu pedido — respondeu o Homem de Lata.

Oz grunhiu baixinho ao ouvir isso, mas disse, ríspido:

— Se você deseja tanto ter um coração, precisa merecê-lo.

— Como? — perguntou o Homem de Lata.

— Ajude Dorothy a matar a Bruxa Malvada do Oeste — respondeu o animal. — Quando a bruxa estiver morta, venha me procurar, e então eu lhe darei o maior, mais gentil e mais afetuoso coração de todo o país de Oz.

Assim, o Homem de Lata foi obrigado a voltar tristonho para onde estavam seus amigos e contar sobre o terrível animal que havia visto. Todos acharam muito estranho que o Grande Mágico assumisse aquelas diversas formas, então o Leão disse:

— Se ele for um animal, quando chegar a minha vez de vê-lo, vou rugir o mais forte que puder, e assim amedrontá-lo tanto que ele me dará tudo o que eu pedir. E se for a bela mulher, vou simular um salto para cima dela, para forçá-la a atender meu pedido. E se ele for a grande cabeça, estará subjugada a mim, porque rolarei essa cabeça por toda a sala até ele prometer nos dar tudo o que desejamos. Portanto, animem-se, meus amigos, porque tudo dará certo.

Na manhã seguinte, o soldado dos bigodes verdes conduziu o Leão até a grande sala do trono e o convidou a entrar e se apresentar a Oz.

O Leão imediatamente passou pela porta e, olhando ao redor, viu, para sua surpresa, que diante do trono havia uma bola de fogo, tão ardente e brilhante que ele mal conseguia encará-la. Seu primeiro pensamento foi que Oz tinha pegado fogo por acidente e estava ardendo em chamas; mas, quando tentou chegar mais perto, o calor era tão intenso que chamuscou seus bigodes e, todo trêmulo, recuou, rastejando até um canto mais perto da porta.

Então uma voz baixa, tranquila, veio da bola de fogo, e as palavras que ela pronunciou foram as seguintes:

— Eu sou Oz, o Grande e Terrível. Quem é você e por que veio me procurar?

O Leão respondeu:

— Sou um Leão Covarde, tenho medo de tudo. Vim procurá-lo para pedir que me dê coragem, para que eu possa me tornar o rei dos animais de verdade, que é como os humanos me chamam.

— Por que eu deveria lhe dar coragem? — perguntou Oz.

— Porque, dentre todos os mágicos, você é o maior, e só você tem o poder de me conceder o que lhe peço — respondeu o Leão.

A bola de fogo ardeu com mais intensidade por um instante, e a voz disse:

— Traga-me a prova de que a Bruxa Malvada está morta, e no mesmo instante lhe darei coragem. Mas, enquanto a bruxa estiver viva, você continuará sendo um covarde.

O Leão ficou zangado com aquela conversa, mas não conseguiu dizer nada em resposta, e, enquanto permaneceu ali, olhando em silêncio para a bola de fogo, ela ficou tão quente que ele se virou e saiu apressado da sala. Ficou feliz ao ver seus amigos esperando por ele, e contou do terrível encontro com o mágico.

— O que vamos fazer agora? — perguntou Dorothy tristonha.

— Há uma única coisa que podemos fazer — respondeu o Leão. — Ir até o país dos winkies, procurar a Bruxa Malvada e destruí-la.

— Mas e se não conseguirmos? — disse a menina.

— Então eu nunca terei coragem — declarou o Leão.

— E eu nunca terei um cérebro — acrescentou o Espantalho.

— E eu nunca terei um coração — disse o Homem de Lata.

— E eu nunca mais verei a tia Ema e o tio Henry — disse Dorothy, começando a chorar.

— Tenha cuidado! — gritou a moça verde. — Suas lágrimas cairão em seu vestido de seda verde e vão manchá-lo.

Então Dorothy secou os olhos e disse:

— Acho que precisamos tentar, mas tenho certeza de que não quero matar ninguém, mesmo que seja para ver a tia Ema de novo.

— Vou com você, mas sou covarde demais para matar a bruxa — disse o Leão.

— Eu também vou — declarou o Espantalho. — Mas não vou conseguir ajudá-la muito, pois sou um grande tolo.

— Não tenho o coração necessário para fazer mal nem mesmo a uma bruxa — comentou o Homem de Lata. — Mas, se você for, com certeza vou com você.

Assim, ficou decidido que começariam a jornada pela manhã, e o Homem de Lata afiou seu machado numa pedra de mó verde e lubrificou adequadamente todas as suas juntas. O Espantalho estofou seu corpo com palha nova, e Dorothy pintou os olhos dele com tinta fresca para que ele enxergasse melhor. A moça verde, que havia sido muito gentil com eles, encheu a cesta de Dorothy com coisas gostosas para todos comerem, e colocou uma pequena sineta amarrada em uma fita verde em volta do pescoço de Totó.

Foram todos para a cama bem cedo e dormiram profundamente até o dia raiar, quando foram despertados pelo canto de um galo verde, que vivia no quintal do palácio, e o cacarejo de uma galinha que havia botado um ovo verde.

12

A busca pela Bruxa Malvada

O soldado dos bigodes verdes os conduziu pelas ruas da Cidade das Esmeraldas até chegarem ao recinto habitado pelo guarda do portão. Esse oficial retirou os óculos de todos e os guardou de volta na grande caixa. Depois, com gentileza abriu o portão para nossos amigos.

— Qual é a estrada que nos levará até a Bruxa Malvada do Oeste? — perguntou Dorothy.

— Não há estrada nenhuma — respondeu o guarda do portão. — Ninguém quer ir para esse lugar.

— Então como vamos encontrá-la? — perguntou a menina.

— Isso será fácil — respondeu o homem —, porque quando ela souber que vocês estão no país dos winkies, vai encontrá-los e escravizar todos vocês.

— Talvez não — disse o Espantalho — porque pretendemos destruí-la.

— Ah, isso é outra coisa — disse o guarda do portão. — Nunca ninguém a destruiu antes, assim logo pensei que ela os tornaria seus escravos, como fez com o resto. Mas tomem cuidado, porque ela é malvada e feroz e não vai permitir que a destruam. Mantenham-se a oeste, onde o sol se põe, e assim não vão errar o caminho ao tentarem encontrá-la.

Eles agradeceram a gentileza do homem e se despediram dele, dirigindo-se em seguida a oeste, caminhando sobre campos de relva macia, salpicados aqui e ali com margaridas e botões de ouro. Dorothy ainda estava usando o bonito vestido de seda que usara no palácio, mas agora, para sua surpresa, descobriu que ele já não era mais verde, mas de um branco puro. A fita em volta do pescoço de Totó também perdeu a cor verde e ficou tão branca quanto o vestido de Dorothy.

Logo, a Cidade das Esmeraldas ficou bem para trás. À medida que o grupo avançava naquele País do Oeste, o chão ia ficando mais áspero e acidentado, não havia fazendas nem casas, e o solo não era cultivado.

À tarde, os raios quentes do sol incidiam em seus rostos, pois não havia árvores que proporcionassem sombra. Por isso, antes de a noite cair, Dorothy, Totó e o Leão já estavam cansados, deitaram-se na relva e caíram no sono, enquanto o Homem de Lata e o Espantalho permaneceram vigilantes.

A Bruxa Malvada do Oeste tinha apenas um olho, mas ele era tão poderoso quanto um telescópio e conseguia enxergar tudo. Então, sentada junto à porta de seu castelo, enquanto olhava ao redor, viu Dorothy deitada, adormecida, com todos os seus amigos em volta. Eles estavam a uma boa distância, mas a Bruxa Malvada ficou muito zangada ao vê-los em seu país, então soprou num apito de prata pendurado em seu pescoço.

No mesmo instante uma matilha de grandes lobos veio correndo de todas as direções até a bruxa. Eles tinham pernas muito longas, olhos ferozes e dentes afiados.

— Vão até essa gente — disse a bruxa — e os deixem em pedaços.

— Você não vai escravizá-los? — perguntou o líder dos lobos.

— Não — respondeu ela —, um é de lata, outro é de palha, uma é uma menina e outro é um leão. Nenhum deles é adequado para o trabalho, por isso vocês precisam deixá-los em pedacinhos.

— Está bem — disse o lobo, logo se afastando e correndo a toda velocidade, seguido pelos outros.

Foi uma sorte o Espantalho e o Homem de Lata estarem bem despertos e escutarem os lobos se aproximando.

— Essa luta é minha — disse o Homem de Lata. — Por isso, fiquem atrás de mim e eu os enfrentarei à medida que forem chegando.

Ele pegou o machado que já estava bem afiado, e quando o líder dos lobos chegou mais perto, o Homem de Lata ergueu o braço e cortou a cabeça do animal, e assim, com a cabeça separada do corpo, o lobo morreu imediatamente. Quando voltou a erguer o machado, outro lobo se aproximou e também caiu sob a lâmina afiada da arma do Homem de Lata. Havia quarenta lobos, e quarenta vezes um lobo foi abatido desse modo; no final, todos eles estavam mortos, formando uma pilha de corpos diante do homem.

Ele largou o machado e se sentou ao lado do Espantalho, que disse:

— Foi uma boa luta, amigo.

Esperaram até que Dorothy despertasse pela manhã. A menininha ficou assustada quando viu a grande pilha de lobos abatidos, mas o Homem de Lata explicou tudo. Ela lhe agradeceu por ter salvado sua vida; sentou-se para o café da manhã e, em seguida, todo o grupo recomeçou a jornada.

Naquela mesma manhã, a Bruxa Malvada foi até a porta do castelo, e com seu único olho que conseguia enxergar longe, viu todos os lobos mortos e os estranhos ainda caminhando pelo seu país. Ficou mais furiosa do que antes e assoprou duas vezes em seu apito de prata.

Logo, um bando enorme de corvos selvagens veio voando em sua direção, o suficiente até para escurecer o céu. A Bruxa Malvada disse para o rei dos corvos:

— Voem imediatamente até onde estão os estranhos, arranquem os olhos deles a bicadas e depois os deixem em pedaços.

Os corvos selvagens voaram, num grande bando, em direção a Dorothy e seus companheiros. Quando a menininha os viu chegando, ficou com muito medo.

Mas o Espantalho disse:

— Essa é a minha batalha, portanto, deitem-se ao meu lado para não se machucarem.

Todos se deitaram no chão com exceção do Espantalho, que ficou em pé com os braços estendidos. Quando os corvos o viram, ficaram com medo, como esses pássaros sempre ficam ao verem um Espantalho, e não tiveram coragem de chegar mais perto. Mas o rei dos corvos disse:

— É só um homem estofado. Vou arrancar seus olhos a bicadas.

O rei dos corvos voou até o Espantalho, que o pegou pela cabeça e torceu seu pescoço até ele morrer. Então outro corvo voou até lá, e o Espantalho também torceu seu pescoço. Havia quarenta corvos, e quarenta vezes o Espantalho torceu o pescoço de um corvo, até que, por fim, todos estavam mortos, caídos ao seu lado. Ele chamou seus companheiros, para que se levantassem, e todos juntos retomaram a jornada.

Quando a Bruxa Malvada olhou de novo para longe e viu todos os corvos numa pilha, mortos, ela ficou bastante furiosa e assoprou três vezes em seu apito de prata.

Logo se ouviu um grande zumbido no ar, e um enxame de abelhas negras voou em sua direção.

— Voem até os estranhos e os piquem até a morte! — ordenou a bruxa, e as abelhas se viraram e voaram depressa até onde Dorothy e seus amigos caminhavam. Mas o Homem de Lata as viu chegando, e o Espantalho já soube o que fazer.

— Retire a minha palha e espalhe-a sobre a menininha, o cãozinho e o Leão — disse ele ao Homem de Lata —, então as abelhas não vão conseguir picá-los.

Foi o que o Homem de Lata fez, e quando Dorothy se deitou perto do Leão, abraçada a Totó, a palha os cobriu por completo.

As abelhas chegaram e não viram ninguém para picar além do Homem de Lata, então voaram até ele e quebraram seus ferrões na lata, sem conseguirem picá-lo. Como as abelhas morrem ao perderem o ferrão, esse foi o fim das abelhas negras, que ficaram espalhadas, mortas, em volta do Homem de Lata, como pequenos montinhos de carvão.

Dorothy e o Leão se levantaram, e a menina ajudou o Homem de Lata a colocar a palha de volta no corpo do Espantalho, até ele ficar tão bom quanto antes. E mais uma vez retomaram a jornada.

A Bruxa Malvada ficou tão zangada quando viu as abelhas negras em pequenos montinhos como carvão fino que ela pisou no próprio pé, arrancou os cabelos e rangeu os dentes. Depois chamou uma dúzia de seus escravos, que eram winkies, e lhes deu lanças afiadas, dizendo que fossem ao encalço dos estranhos e os destruíssem.

Os winkies não eram um povo corajoso, mas tinham de fazer o que lhe mandavam. Foram até onde estava o grupo e se aproximaram de Dorothy. O Leão deu um enorme rugido e saltou para cima deles, deixando os pobres winkies tão assustados que fugiram correndo o mais depressa que podiam.

Quando voltaram para o castelo, a Bruxa Malvada os espancou com uma correia e os mandou voltar ao trabalho; depois disso, ela se sentou de novo para pensar no que fazer em seguida. Não conseguia entender como todos os seus planos para destruir os estranhos haviam fracassado; mas ela era uma bruxa poderosa, e também malvada, e logo teve uma ideia de como agir.

Em seu armário, ela guardava um capuz dourado com uma borda de diamantes e rubis enfeitando a bainha. Esse capuz dourado tinha um feitiço. Qualquer um que o possuísse poderia chamar três vezes os macacos alados, que deveriam cumprir qualquer ordem que recebessem. Mas nenhuma pessoa poderia dar uma ordem a essas estranhas criaturas mais do que três vezes. A Bruxa Malvada já havia usado o feitiço do capuz duas vezes. Uma vez quando escravizou os winkies e se estabeleceu como governadora daquele país. Os macacos alados ajudaram nisso. A segunda vez foi quando ela lutou contra o próprio Grande Oz, e o expulsou do País do Oeste. Os macacos alados ajudaram a fazer isso também. Ela poderia usar o capuz dourado só mais uma vez, e por isso ela não queria usar esse último recurso enquanto todos os seus outros poderes não estivessem esgotados. Mas agora que seus lobos ferozes, seus corvos selvagens e suas abelhas negras estavam mortos, e seus escravos haviam sido enxotados pelo Leão Covarde, ela percebeu que restava apenas um meio de destruir Dorothy e seus amigos.

Então a Bruxa Malvada tirou o capuz dourado do armário e o colocou na cabeça. Depois, ficou em pé, apoiada apenas no pé esquerdo, e disse devagar:

— Epe-pe, pep-pe, kaka-ke!

Depois, apoiou-se no pé direito e disse devagar:

— Hilo-lo, holo-lo, helo-lo!

Então ficou em pé, apoiada nos dois pés juntos e gritou:

— Zizi-zy, zuzi-zy, ziky!

Agora, o feitiço começou a funcionar. O céu escureceu e no ar ouviu-se o som de um estrondo abafado. Era o farfalhar de muitas asas, um grande sussurro e muitas risadas, e o sol saiu de trás do céu escuro para revelar a Bruxa Malvada cercada por uma multidão de macacos, cada um deles com um par de imensas e poderosas asas em seus ombros.

Um deles, bem maior do que os outros, parecia ser o líder. Ele voou para perto da bruxa e disse:

— Você nos chamou pela terceira e última vez. O que vai nos mandar fazer?

— Vá até os estranhos que estão em meu país e destrua-os, com exceção do Leão — disse a Bruxa Malvada. — Traga aquela fera para mim, pois pretendo domá-la como um cavalo e colocá-la para trabalhar.

— Suas ordens serão obedecidas — disse o líder. Então, com uma barulheira e muita tagarelice, os macacos alados se afastaram, voando até onde Dorothy e seus amigos caminhavam.

Alguns dos macacos raptaram o Homem de Lata e o carregaram pelos ares, até chegarem a uma região bastante coberta com rochas pontiagudas. Ali soltaram o pobre Homem de Lata, que caiu de uma grande altura sobre as rochas, onde permaneceu deitado, tão desconjuntado e amassado que não conseguiu mais se mover, nem gemer.

Outros macacos pegaram o Espantalho, e com os longos dedos, puxaram para fora toda a palha de suas roupas e da cabeça. Fizeram uma pequena trouxa com seu chapéu, suas botas e suas roupas e atiraram-na nos galhos superiores de uma árvore muito alta.

Os macacos restantes jogaram pedaços de uma robusta corda sobre o Leão, e enrolaram-na várias vezes ao redor do seu corpo, cabeça e pernas, até que ele ficasse imobilizado, incapaz de morder, arranhar ou lutar de qualquer maneira. Então o ergueram e se afastaram, voando com ele até o castelo da bruxa, onde ele foi colocado num pequeno pátio com uma grande jaula de ferro em volta, para que ele não escapasse.

Mas não fizeram mal algum a Dorothy. Ela ficou assistindo, com Totó em seus braços, ao triste destino de seus companheiros, pensando que logo seria sua vez. O líder dos macacos alados voou até ela, com seus longos e peludos braços estendidos e sua horrorosa face com um sorriso terrível; mas ele logo viu o sinal do beijo da bruxa bondosa na testa dela, e parou de repente, sinalizando aos outros que não a tocassem.

— Não podemos machucar essa menininha — disse ele aos outros —, pois ela é protegida pelo poder do bem, que é maior do que o poder do mal. Tudo o que podemos fazer é levá-la ao castelo da Bruxa Malvada e deixá-la lá.

Com muito cuidado e delicadeza, eles ergueram Dorothy nos braços e a carregaram rápido pelos ares, até chegarem ao castelo, onde a deixaram na soleira da porta de entrada. Então o líder disse à bruxa:

— Nós obedecemos a suas ordens até onde fomos capazes. Destruímos o Homem de Lata e o Espantalho, e o Leão está preso dentro do pátio. Não tivemos coragem de fazer mal à menininha, nem ao cãozinho que ela carrega. Agora, seu poder sobre nosso bando acabou, e você nunca mais nos verá.

Então todos os macacos alados, fazendo muito barulho, gargalhando e tagarelando, voaram para longe e logo não foram mais vistos.

A Bruxa Malvada ficou surpresa e preocupada quando viu o sinal na testa de Dorothy, pois ela sabia muito bem que, diante dele, nem os macacos alados nem ela própria ousariam machucar a menina. Olhou para baixo, para os pés de Dorothy, e ao ver os sapatos prateados, começou a tremer de medo, pois sabia como era poderoso o feitiço que eles continham. Primeiro, a bruxa teve vontade de fugir de Dorothy; mas depois olhou nos olhos dela e viu como era simples a alma por trás deles, e que a menina não sabia do maravilhoso poder que os sapatos prateados podiam dar a ela. Assim, a Bruxa Malvada riu de si mesma e pensou: *Ainda posso torná-la minha escrava, pois ela não sabe como usar esse poder*. Então ela disse a Dorothy, ríspida e severa:

— Venha comigo, e veja se não esquece tudo o que lhe digo, senão darei um fim em você, como fiz com o Homem de Lata e o Espantalho.

Dorothy a seguiu por muitos dos belos recintos do castelo, até chegarem à cozinha, onde a bruxa ordenou que ela lavasse as panelas e chaleiras, esfregasse o chão e mantivesse o fogo aceso, colocando sempre lenha nova.

Dorothy obedeceu docilmente e foi trabalhar, com a intenção de se esforçar ao máximo, sentindo-se feliz porque a Bruxa Malvada decidira não a matar.

Com Dorothy trabalhando duro, a bruxa pensou em ir até o pátio e domar o Leão Covarde como se fosse um cavalo. Ela se divertiria, com certeza, obrigando-o a puxar sua carruagem sempre que ela quisesse dar um passeio. Mas, quando abriu o portão, o Leão rugiu e saltou em sua direção, tão feroz que a bruxa se assustou e saiu às pressas, depois de fechar com força o portão do cercado.

— Se não posso domá-lo — disse a bruxa ao Leão, falando através das barras do portão —, posso deixá-lo morrer de fome. Não lhe darei nenhuma comida enquanto não fizer o que eu mandar.

Assim, depois disso ela não levou mais nenhuma comida ao Leão preso; mas todos os dias ela ia até o portão no final da tarde e perguntava:

— Você está preparado para ser domado como um cavalo?

E o Leão respondia:

— Não. Se você entrar no pátio, eu vou mordê-la.

A razão pela qual o Leão não precisava fazer o que a bruxa queria era que, todas as noites, enquanto a mulher dormia, Dorothy levava comida do armário da cozinha para ele. Depois de comer, ele se deitava na cama de palha, e Dorothy se deitava ao seu lado, apoiando a cabeça na juba macia e desgrenhada, enquanto eles conversavam sobre os problemas e tentavam descobrir um jeito de escapar. Mas não conseguiam encontrar um modo de sair do castelo, pois ele era vigiado o tempo todo pelos winkies amarelos, os escravos da Bruxa Malvada, que tinham muito medo de ela se enfurecer se não fizessem o que mandava.

A menina era obrigada a trabalhar duro durante todo o dia, e muitas vezes a bruxa ameaçava bater nela com o próprio guarda-chuva velho que sempre carregava. Mas, na verdade, ela não se atrevia a bater em Dorothy, por causa do sinal na testa. A criança não sabia disso e tinha muito medo, por ela e por Totó. Uma vez a bruxa deu uma pancada em Totó com aquele guarda-chuva, e o corajoso cãozinho deu um pulo e mordeu a perna dela. A bruxa não sangrou no local da mordida, porque era tão má que seu sangue já havia secado muitos anos atrás.

A vida de Dorothy tornou-se muito triste à medida que ela foi compreendendo que seria mais difícil do que nunca voltar ao Kansas e à tia Ema. Às vezes, ela chorava com amargura por horas a fio, com Totó sentado aos seus pés e olhando para o seu rosto, choramingando para mostrar o quanto ele estava triste pela pequena dona. Totó não se importava em estar no Kansas ou no país de Oz, contanto que Dorothy estivesse com ele; mas ele sabia que a menininha estava infeliz, e isso também o deixava infeliz.

A Bruxa Malvada queria muito pegar os sapatos prateados que a menina sempre usava. Suas abelhas, seus corvos e seus lobos estavam todos mortos, empilhados e apodrecendo, e ela já havia usado todo o poder do capuz dourado; mas, se conseguisse pegar os sapatos prateados, eles lhe dariam mais poder do que todas as outras coisas que tinha perdido. Ela vigiava Dorothy com atenção, para ver se a menina tiraria os sapatos, e assim a bruxa conseguiria pegá-los. Mas a menina tinha tanto orgulho de seus belos sapatos que nunca os tirava, exceto à noite e quando tomava banho. A bruxa tinha medo demais do escuro para ousar entrar no quarto de Dorothy à noite e pegar os sapatos, e seu pavor de água era maior do que seu medo do escuro, então nunca se aproximava quando Dorothy tomava banho. Na verdade, a velha bruxa nunca tocava a água, nem deixava a água tocá-la, de jeito nenhum.

Mas aquela criatura má era muito ardilosa, e enfim descobriu um truque que lhe daria o que desejava. Ela colocou uma barra de ferro no meio do chão da cozinha e depois, com suas artes mágicas, tornou a barra invisível aos olhos humanos. Assim, Dorothy, ao atravessar a cozinha, não enxergou a barra de ferro e tropeçou, caiu e ficou toda estendida no chão. Ela não se machucou muito, mas, na queda, um de seus sapatos prateados saiu do pé, e, antes que ela conseguisse recuperá-lo, a bruxa o pegou e o colocou no próprio pé magricela.

A mulher má ficou muito contente com o sucesso do seu truque, pois, enquanto possuísse um dos sapatos, teria metade do poder de seu feitiço, e Dorothy não poderia usá-lo contra ela, mesmo sabendo como fazê-lo.

Ao ver que havia perdido um de seus belos sapatos, a menininha ficou muito zangada e disse à bruxa:

— Me devolva o meu sapato!

— Não — respondeu a bruxa —, pois agora ele é meu sapato, não seu!

— Você é uma criatura muito má! — gritou Dorothy. — Você não tem o direito de pegar o meu sapato!

— Vou ficar com ele mesmo assim — disse a bruxa, rindo dela. — E um dia vou pegar o outro pé também.

Isso deixou Dorothy tão zangada que pegou o balde de água que estava ao seu lado e o entornou sobre a bruxa, molhando-a da cabeça aos pés.

No mesmo instante, a mulher má deu um grito de pavor e, quando Dorothy olhou para ela, atônita, a bruxa começou a encolher e caiu no chão.

— Veja o que você fez! — gritou ela. — Num minuto vou derreter!

— Sinto muito, de verdade! — disse Dorothy, que ficou muito assustada ao ver a bruxa derretendo como açúcar na água, bem na frente dos seus olhos.

— Você não sabia que a água seria o meu fim? — perguntou a bruxa, com uma voz chorosa, desesperada.

— É claro que não — respondeu Dorothy. — Como eu poderia saber?

— Bem, em alguns minutos, vou derreter por inteira, e você ficará com o castelo só para você. Eu fui muito má, mas nunca pensei que uma menininha como você seria capaz de me derreter e acabar com meus atos de maldade. Olhe só, lá vou eu!

Com essas palavras, a bruxa se transformou numa massa marrom, derretida e disforme, e começou a se espalhar sobre o assoalho limpo da cozinha. Ao ver que ela havia mesmo derretido e desaparecido, Dorothy pegou outro balde cheio e jogou toda a água sobre a massa. Então varreu tudo para fora, pela porta. Depois de pegar o sapato de prata, que era tudo o que restara da velha mulher, ela o limpou e secou com um pano, colocou-o em seu pé de novo. Livre novamente para fazer o que quisesse, ela correu até o pátio para contar ao Leão que a Bruxa Malvada do Oeste tinha encontrado o seu fim, e que eles não eram mais prisioneiros num país estranho.

13

O Resgate

O Leão Covarde gostou muito de saber que a Bruxa Malvada se derreteu sob a água jogada de um balde por Dorothy, que logo abriu o portão de sua prisão e o libertou. Entraram juntos no castelo, onde a primeira ação de Dorothy foi chamar todos os winkies, reuni-los e lhes dizer que não eram mais escravos.

A comemoração entre os amarelos winkies foi muito grande, porque eles haviam sido obrigados a trabalhar duro por muitos anos para a Bruxa Malvada, que sempre os tratava com muita crueldade. Eles declararam feriado naquele dia, e os dias seguintes também, festejando e dançando.

— Se ao menos nossos amigos, o Espantalho e o Homem de Lata, estivessem conosco! — disse o Leão. — Eu ficaria ainda mais feliz!

— Você acha que conseguiríamos resgatá-los? — perguntou a menina, ansiosa.

— Podemos tentar — respondeu o Leão.

Então eles chamaram os winkies amarelos e perguntaram se eles poderiam ajudar no resgate de seus amigos, e os winkies disseram que ficariam muito felizes em fazer tudo que pudessem por Dorothy, que os havia libertado do cativeiro. Então ela escolheu alguns dos winkies que pareciam saber mais que os outros, e todos se puseram a caminho. Viajaram durante todo aquele dia e parte do dia seguinte também, até chegarem àquela planície rochosa onde o Homem de Lata havia caído sobre as rochas e ficado todo amassado e desconjuntado. O machado estava ao lado dele, mas a lâmina estava enferrujada e o cabo quebrado.

Os winkies o ergueram com cuidado para o levarem de volta ao castelo amarelo, e Dorothy deixou cair algumas lágrimas de tristeza pelo lamentável estado em que se encontrava seu velho amigo. O Leão, por sua vez, ficou muito tristonho e compassivo. Quando chegaram ao castelo, Dorothy disse aos winkies:

— Algum de vocês é funileiro?

— Ah, sim. Alguns de nós são funileiros muito bons — disseram eles.

— Então, traga-os até aqui — disse ela. Quando os funileiros chegaram, trazendo todas as suas ferramentas em cestos, ela perguntou: — Vocês conseguiriam refazer todas essas partes amassadas do Homem de Lata, soldando onde ele estiver quebrado e o colocando em forma de novo?

Os funileiros examinaram o Homem de Lata com cuidado e depois responderam que poderiam, sim, consertá-lo, e que ele ficaria melhor do que antes. Eles se puseram a trabalhar em um dos grandes recintos amarelos do castelo, e trabalharam por três dias e quatro noites, martelando, parafusando, desamassando, soldando, polindo e batendo nas pernas, no corpo e na cabeça do Homem de Lata, até que, enfim, ele recuperou a antiga forma, com as juntas funcionando tão bem como nunca. Na verdade, havia diversos remendos nele, mas os funileiros fizeram um bom trabalho, e, como o Homem de Lata não era um homem vaidoso, não se importou com os remendos.

Quando ele finalmente entrou no quarto de Dorothy e lhe agradeceu por tê-lo resgatado, ficou tão feliz que chorou lágrimas de alegria, então Dorothy teve de enxugar com cuidado cada lágrima de seu rosto com o avental, para suas juntas não enferrujarem. Ao mesmo tempo, suas próprias lágrimas caíram, densas e rápidas, de alegria por ter de volta seu velho amigo, mas essas lágrimas não precisavam ser enxugadas. Quanto ao Leão, ele enxugou os olhos tantas vezes com a ponta da cauda que ela até ficou molhada, e ele foi obrigado a sair para o pátio e colocá-la ao sol até secar.

— Seria bom se tivéssemos o Espantalho conosco de novo — disse o Homem de Lata quando Dorothy terminou de lhe contar tudo o que havia acontecido. — Eu ficaria muito feliz.

— Vamos tentar encontrá-lo — disse a menina.

Ela chamou os winkies para ajudá-la, e eles caminharam o dia inteiro e parte do dia seguinte, até chegarem à grande árvore, e foi naqueles galhos que os macacos alados haviam largado as roupas do Espantalho.

Era uma árvore alta demais, e o tronco era tão liso que ninguém conseguia subir por ele; mas o Homem de Lata logo disse:

— Vou cortá-lo, assim vamos conseguir pegar as roupas do Espantalho.

Quando os funileiros estavam trabalhando no conserto do Homem de Lata, outro winkie, que era um ourives, fez um cabo de ouro sólido para o machado do homem, no lugar do cabo antigo, quebrado. Outros poliram a lâmina até que toda a ferrugem fosse removida, e ela brilhou como prata polida.

Depois de dizer isso, o Homem de Lata começou a cortar, e em pouco tempo a árvore caiu com um enorme estrondo, e as roupas do Espantalho caíram dos galhos e rolaram pelo chão.

Dorothy as recolheu e pediu aos winkies que as levassem de volta ao castelo, onde foram estofadas com uma boa palha, nova e limpa. E, vejam só, eis o Espantalho de volta, melhor do que nunca, agradecendo-lhes com alegria por terem salvado sua vida.

Agora que estavam reunidos de novo, Dorothy e seus amigos passaram alguns dias felizes no castelo amarelo, onde encontraram tudo de que precisavam para se sentirem à vontade.

Mas um dia a menina pensou em tia Ema e disse:

— Precisamos voltar a nos encontrar com Oz e exigir que ele cumpra a promessa que nos fez.

— Sim — disse o Homem de Lata. — Enfim vou ganhar meu coração.

— E eu vou ganhar meu cérebro — acrescentou o Espantalho, alegre.

— E eu vou ganhar minha coragem — disse o Leão, pensativo.

— E eu vou poder voltar ao Kansas — gritou Dorothy, batendo palmas. — Ah, vamos partir para a Cidade das Esmeraldas amanhã!

Foi o que decidiram fazer. No dia seguinte, chamaram os winkies e se despediram deles. Os winkies ficaram tristes com a partida dos amigos, e estavam tão orgulhosos do Homem de Lata que suplicaram que ele ficasse e governasse a todos e também o país amarelo do Oeste. Mas, vendo que estavam mesmo determinados a ir embora, os winkies deram a Totó e ao Leão uma coleira de ouro para cada um. Para Dorothy deram de presente um belo bracelete enfeitado de diamantes. Para o Espantalho deram uma bengala com um punho de ouro, para evitar que ele tropeçasse. Para o Homem de Lata ofereceram uma lata de lubrificante de prata, com engastes em ouro e pedras preciosas.

Em troca, cada um dos viajantes fez um belo discurso para os winkies, e todos lhes deram tantos apertos de mãos que os braços até doeram.

Dorothy foi até o armário da bruxa e encheu sua cesta de comida para a viagem, e lá viu o capuz dourado. Colocou-o na própria cabeça, achando que cabia direitinho. Ela não sabia de nada a respeito do feitiço do capuz dourado, mas viu que era bonito, então resolveu usá-lo e guardar o seu chapéu de sol na cesta.

Então, preparados para a viagem, todos partiram em direção à Cidade das Esmeraldas. Os winkies lhes deram três vivas e muitos votos de boa viagem para levarem com eles.

14

Os macacos alados

Você lembrará que não havia nenhuma estrada — nem mesmo uma trilha — entre o castelo da Bruxa Malvada e a Cidade das Esmeraldas. Quando os quatro viajantes foram procurar a bruxa, ela os viu chegando, então enviou os macacos alados para levarem todos até ela. Era muito mais difícil encontrar o caminho de volta pelos extensos campos de botões de ouro e margaridas amarelas do que ser carregado. Eles sabiam, é claro, que deviam ir em linha reta para o leste, em direção ao sol nascente; então tomaram o caminho correto. Mas, ao meio-dia, quando o sol estava a pino sobre suas cabeças, eles não sabiam onde era o leste e onde era o oeste, por isso se perderam naqueles campos tão extensos. Entretanto, continuaram caminhando, e à noite a lua apareceu e brilhou, intensa. Então eles se deitaram no meio das flores amarelas com um perfume doce e dormiram profundamente até a manhã — todos menos o Espantalho e o Homem de Lata.

Pela manhã, o sol se escondia atrás de uma nuvem, mas eles retomaram a jornada, como se tivessem certeza do caminho que deveriam percorrer.

— Se caminharmos bastante, por distâncias cada vez maiores — disse Dorothy —, tenho certeza de que em algum momento vamos chegar a algum lugar.

Mas os dias foram se passando, e mesmo assim eles não viam nada à frente além dos campos avermelhados. O Espantalho começou a resmungar um pouco.

— Com certeza perdemos nosso rumo — disse ele —, e, a menos que o encontremos de novo a tempo de alcançar a Cidade das Esmeraldas, eu jamais vou ganhar um cérebro.

— Nem eu, um coração — declarou o Homem de Lata. — Parece que mal consigo esperar até chegar, e devemos admitir que essa é uma jornada muito longa.

— Veja só — disse o Leão Covarde, com um soluço —, não tenho coragem de ficar perambulando para sempre, sem chegar a lugar nenhum.

Então Dorothy ficou cansada. Sentou-se na relva, olhou para seus companheiros, e eles se sentaram e olharam para ela, e Totó viu que, pela primeira vez na vida, ele se sentiu cansado demais para caçar a borboleta que passou voando por sua cabeça. Colocou a língua para fora e resfolegou, olhando para Dorothy, como se perguntasse o que deveriam fazer em seguida.

— E se chamássemos os ratos do campo? — sugeriu ela. — Talvez eles pudessem nos indicar o caminho até a Cidade das Esmeraldas.

— Com certeza eles podem — gritou o Espantalho. — Por que não pensamos nisso antes?

Dorothy soprou no pequeno apito que ela sempre carregava pendurado no pescoço, desde que a rainha dos ratos o dera de presente a ela. Em poucos minutos, eles ouviram o tamborilar dos pezinhos, e muitos dos pequenos ratos cinzentos vieram correndo ao seu encontro. Dentre eles, estava a própria rainha, que perguntou, numa vozinha estridente:

— O que posso fazer por meus amigos?

— Nós nos perdemos — disse Dorothy. — Você pode nos dizer onde fica a Cidade das Esmeraldas?

— Claro — respondeu a rainha —, mas fica bem longe daqui, pois ela esteve o tempo todo atrás de vocês.

Então ela viu o capuz dourado de Dorothy e disse:

— Por que você não usa o poder mágico do capuz para chamar os macacos alados? Eles vão conseguir levá-los até a cidade de Oz em menos de uma hora.

— Eu não sabia que ele tinha esse poder mágico — respondeu Dorothy, surpresa. — Como é?

— Está escrito dentro do capuz dourado — respondeu a rainha dos ratos. — Mas, se você pretende chamar os macacos alados, vamos ter de fugir, pois eles são muito maldosos e se divertem nos maltratando.

— Eles não vão me machucar? — perguntou a menina, ansiosa.

— Ah, não, eles precisam obedecer ao portador do capuz. Adeus!

Ela fugiu correndo até desaparecer da visão deles, com todos os ratinhos correndo atrás dela. Dorothy espiou o interior do capuz e viu algumas palavras escritas no forro. *Essa*, pensou ela, *deve ser a fórmula do poder mágico*. Então leu as instruções com cuidado e voltou a colocar o capuz na cabeça.

— Epe-pe, pepe-pe, kaka-ke! — disse ela, apoiando-se no pé esquerdo.

— O que você disse? — perguntou o Espantalho, que não sabia o que ela estava fazendo.

— Hilo-lo, holo-lo, helo-lo! — continuou Dorothy, dessa vez apoiando-se no pé direito.

— Alô! — respondeu o Homem de Lata, com calma.

— Zizi-zy, zuzi-zy, ziky! — disse Dorothy, que agora ficou apoiada nos dois pés. Com isso, a magia foi recitada, e eles escutaram um som de vozes tagarelando e um forte bater de asas quando o bando de macacos alados chegou voando.

O rei fez uma profunda reverência diante de Dorothy, e perguntou:

— Qual é a sua ordem?

— Queremos ir até a Cidade das Esmeraldas — disse a criança —, mas nos perdemos no caminho.

— Vamos carregá-los — respondeu o rei, e tão logo ele disse isso, dois dos macacos pegaram Dorothy nos braços e a levaram voando. Outros pegaram o Espantalho, o Homem de Lata e o Leão, e um macaquinho pegou Totó e voou atrás dos outros com ele nos braços, apesar de o cãozinho ter tentado mordê-lo.

No início, o Espantalho e o Homem de Lata ficaram assustados, pois se lembraram de como os macacos alados os trataram mal no passado; mas, quando viram que eles não tinham a intenção de voltar a maltratá-los, de bom grado se deixaram levar pelos ares e se divertiram olhando para os belos jardins e bosques bem abaixo deles.

Dorothy sentiu-se à vontade sendo carregada facilmente entre dois dos macacos maiores, um deles o próprio rei. Eles haviam feito uma cadeira com as mãos, e tomaram muito cuidado para não a machucar.

— Por que vocês são obrigados a obedecer ao poder mágico do capuz dourado? — perguntou ela.

— É uma longa história — respondeu o rei, dando risada —, mas, como temos uma longa viagem à nossa frente, passarei o tempo contando-a para você, se quiser.

— Ficarei feliz em ouvi-la — respondeu ela.

— Uma vez — começou o líder — fomos um povo livre, vivendo feliz na grande floresta, voando de árvore em árvore, comendo nozes e fazendo tudo o que gostávamos de fazer, sem chamar ninguém de mestre. Talvez alguns de nós tenham sido malvados, às vezes, voando para baixo para puxar as caudas dos animais que não tinham asas, caçando passarinhos e atirando nozes nas pessoas que caminhavam pela floresta. Mas éramos felizes, sem cuidados e nos divertindo muito, desfrutando de cada minuto do dia. Isso foi há muitos anos, muito tempo antes de Oz sair das nuvens para governar este país. Então vivia aqui, lá no Norte, a bela princesa que também era uma poderosa feiticeira. Todo o seu poder mágico era usado para ajudar as pessoas, e nunca se soube que ela tivesse feito mal a alguém que fosse bom. Seu nome era Gayelette, e ela vivia num belo palácio construído com grandes blocos de rubi. Todos a amavam, mas sua grande tristeza era não conseguir encontrar ninguém para amar, pois todos os homens eram estúpidos e feios demais para se casarem com uma pessoa tão bela e sábia. Mas um dia, finalmente, ela encontrou um rapaz bonito, viril e sábio, porém bem mais novo do que ela. Gayelette se convenceu de que, quando ele crescesse e se tornasse um homem, ela se casaria com ele, então levou-o para seu palácio de rubi e usou todos os seus poderes mágicos para torná-lo tão forte, bom e gentil quanto qualquer mulher poderia desejar. Quando cresceu e se tornou um homem, Quelala — como era chamado — foi considerado o melhor e mais sábio dos homens em todo o país, e sua beleza masculina era tão grande que Gayelette o amou com ternura e se apressou em deixar tudo pronto para o casamento.

"Na época, meu avô era o rei dos macacos alados que viviam na floresta perto do palácio de Gayelette, e o velho adorava uma brincadeira, mais até do que um bom jantar. Um dia, pouco antes do casamento, meu avô saiu voando com seu bando quando viu Quelala caminhando ao lado do rio. Ele usava uma bela roupa de seda cor-de-rosa e veludo roxo, e meu avô ficou pensando no que poderia fazer para se divertir. Ao seu comando, o bando inteiro voou para baixo e raptou Quelala, carregando-o pelos ares até sobrevoarem o meio do rio, onde então o largaram, deixando-o cair na água.

"'Nade para sair, meu belo amigo', gritou meu avô, 'e veja se a água manchou suas roupas.' Quelala era sábio demais para deixar de nadar e não ficou prejudicado de jeito nenhum, pois tinha muita sorte. Ele deu risada quando subiu à superfície da água, e então nadou até a margem do rio. Mas, quando Gayelette veio correndo para ajudá-lo, encontrou suas sedas e seu veludo arruinados pela água.

"A princesa ficou muito zangada e, é claro, sabia quem havia feito aquilo. Mandou todos os macacos alados se reunirem diante dela, e, a princípio, disse que suas asas seriam amarradas, pois deveriam ser tratados como trataram Quelala, depois seriam atirados no rio. Mas meu avô suplicou para que ela não fizesse isso, pois sabia que os macacos se afogariam no rio se suas asas fossem amarradas. Mas, no final, até Quelala acabou intercedendo por eles. Então Gayelette enfim os perdoou, com a condição de que os macacos alados deveriam atender, por três vezes, a qualquer pedido do dono do capuz dourado. Esse capuz havia sido feito como presente de casamento para Quelala, e dizem que custou à princesa quase metade do seu reino. É claro que meu avô e todos os outros macacos imediatamente concordaram com a condição, e foi por isso que agora somos três vezes escravos do dono do capuz dourado, seja quem for."

— E o que aconteceu com eles? — perguntou Dorothy, que ficou muito interessada na história.

— Quelala, como primeiro dono do capuz dourado — respondeu o macaco —, foi o primeiro a nos fazer os pedidos. Como sua noiva nem aguentava nos ver, ele nos chamou para irmos à floresta, depois do casamento, e ordenou que sempre ficássemos apenas onde ela nunca conseguisse pôr os olhos em um macaco alado, e ficamos felizes em obedecer, pois tínhamos medo dela.

"Isso foi tudo o que tínhamos de fazer, até que o capuz dourado caiu nas mãos da Bruxa Malvada do Oeste, que nos ordenou a escravizar os winkies e depois mandou o próprio Oz para fora do País do Oeste. Agora, o capuz dourado é seu, e por três vezes você terá o direito de nos fazer um pedido."

Quando o Rei dos Macacos terminou de contar a história, Dorothy olhou para baixo e viu as verdes e brilhantes muralhas da Cidade das Esmeraldas. Ficou admirada com a rapidez do voo dos macacos, mas sentiu-se feliz com o final da viagem. As estranhas criaturas colocaram os viajantes com cuidado diante do portão da cidade, o Rei dos Macacos fez uma reverência na frente de Dorothy e depois foi embora voando rápido, seguido por todo o bando.

— Essa foi uma boa viagem! — disse a menininha.

— Sim, e um jeito rápido para nos livrarmos de nossos problemas — respondeu o Leão. — Foi mesmo uma sorte você ter trazido esse maravilhoso capuz!

15

A descoberta de Oz, o Terrível

Os quatro viajantes caminharam até o grande portão da Cidade das Esmeraldas e tocaram a campainha. Depois de tocar várias vezes, ele foi aberto pelo mesmo guarda do portão que haviam encontrado antes.

— O quê?! Vocês estão de volta? — perguntou ele, surpreso.

— Não consegue nos ver? — respondeu o Espantalho.

— Mas pensei que vocês iam visitar a Bruxa Malvada do Oeste.

— E fomos — disse o Espantalho.

— E ela deixou vocês irem embora de lá? — perguntou o homem, admirado.

— Ela nada pôde fazer, pois derreteu — explicou o Espantalho.

— Derreteu! Bem, até que são boas notícias, é verdade — disse o homem. — Quem a derreteu?

— Foi Dorothy — disse o Leão, com ar sério.

— Ó céus! — exclamou o homem e fez uma profunda reverência diante dela.

Então ele os conduziu ao pequeno recinto e colocou em todos os óculos que tirou da grande caixa, como havia feito antes. Depois, passaram pelo portão de entrada da Cidade das Esmeraldas. Quando as pessoas ouviram do guarda do portão que Dorothy havia derretido a Bruxa Malvada do Oeste, reuniram-se em volta dos viajantes e os seguiram, num enorme aglomerado, até o palácio de Oz.

O soldado dos bigodes verdes ainda estava de guarda diante da porta, mas os deixou entrar imediatamente, e eles foram recebidos de novo pela bela jovem verde, que logo conduziu cada um deles aos antigos quartos, para que pudessem descansar até que o Grande Oz estivesse preparado para recebê-los.

O soldado mandou levar diretamente a Oz a mensagem de que Dorothy e os outros viajantes voltaram, depois de terem destruído a Bruxa Malvada; mas Oz não respondeu. Eles pensaram que o Grande Mágico logo mandaria chamá-los, mas ele não fez isso. Não obtiveram nenhuma palavra da parte dele no outro dia, nem no seguinte, e nem no seguinte. A espera foi cansativa e desgastante, e no final eles ficaram muito aborrecidos com aquele tratamento humilhante de Oz, depois de mandá-los passar por tantas dificuldades, até mesmo escravidão. Então o Espantalho pediu à jovem verde que levasse outra mensagem a Oz, dizendo que, se ele não os deixasse entrar para vê-lo naquele instante, chamariam os macacos alados para ajudá-los, e tentariam descobrir se ele cumpriria as promessas ou não. Quando o Mágico recebeu essa mensagem, ficou tão assustado que mandou dizer a eles que viessem à sala do trono aos quatro minutos depois das nove horas da manhã seguinte. Ele já se encontrou uma vez com os macacos alados no País do Oeste e não queria voltar a se encontrar com eles.

Os quatro viajantes passaram a noite sem dormir, cada um pensando no presente que Oz lhes havia prometido. Dorothy adormeceu apenas uma vez, e sonhou que estava no Kansas, onde a tia Ema lhe dizia como se sentia feliz em ter sua menininha em casa de novo.

Bem às nove horas da manhã, o soldado dos bigodes verdes chegou, e quatro minutos mais tarde todos foram para a sala do trono do Grande Oz.

É claro que cada um deles esperava ver o Mágico na forma que ele tinha assumido antes, e todos ficaram muito surpresos quando olharam em volta e não viram ninguém ali. Permaneceram perto da porta e próximos uns dos outros, pois o silêncio do recinto vazio era mais assustador do que qualquer uma das formas que haviam visto Oz assumir.

De repente, eles ouviram uma voz solene, que parecia vir de algum lugar perto do topo da grande cúpula, e que dizia:

— Eu sou Oz, o Grande e Terrível. Por que vieram me procurar?

Eles voltaram a olhar para todos os cantos do recinto e depois, sem ver ninguém, Dorothy perguntou:

— Onde você está?

— Estou em todos os lugares — respondeu a voz —, mas aos olhos dos mortais comuns eu sou invisível. Agora vou me sentar ao trono para que vocês possam conversar comigo.

De fato, a voz parecia vir diretamente do trono; então eles caminharam até lá e formaram uma fila, enquanto Dorothy dizia:

— Viemos pedir o cumprimento da sua promessa, ó Oz.

— Que promessa? — perguntou Oz.

— Você prometeu me mandar de volta ao Kansas quando a Bruxa Malvada fosse destruída — disse a menina.

— E você prometeu me dar um cérebro — disse o Espantalho.

— E você prometeu me dar um coração — disse o Homem de Lata.

— E você prometeu me dar coragem — disse o Leão Covarde.

— A Bruxa Malvada foi mesmo destruída? — perguntou a voz, e Dorothy achou que ela saiu um pouco trêmula.

— Sim — respondeu ela —, eu a derreti jogando a água de um balde nela.

— Minha nossa — disse a voz —, foi tão de repente! Bem, venham amanhã, pois preciso de um tempo para refletir sobre isso.

— Você já teve muito tempo — disse o Homem de Lata, zangado.

— Não vamos esperar nem mais um dia — disse o Espantalho.

— Você precisa cumprir as promessas que nos fez! — exclamou Dorothy.

O Leão pensou que seria uma boa ideia assustar o Mágico, então deu um forte rugido, tão feroz e assustador que Totó, alarmado, saltou para longe e tropeçou em um biombo do canto da sala. Quando o biombo caiu, com um estrondo, todos olharam para aquele lado e, no momento seguinte, ficaram atônitos com a surpresa. Pois eles viram, escondido exatamente no canto atrás do biombo, um velhinho careca e com um rosto muito enrugado, que parecia estar tão surpreso quanto eles. O Homem de Lata, erguendo o machado, ameaçou o homenzinho e gritou:

— Quem é você?

— Eu sou Oz, o Grande e Terrível — disse o homenzinho, numa voz trêmula. — Mas não me ataquem, por favor, não. Farei qualquer coisa que quiserem que eu faça.

Nossos amigos olharam para ele, surpresos e decepcionados.

— Eu pensei que Oz fosse uma grande cabeça — disse Dorothy.

— E eu pensei que Oz fosse uma bela dama — disse o Espantalho.

— E eu pensei que Oz fosse um animal terrível — disse o Homem de Lata.

— E eu pensei que Oz fosse uma bola de fogo! — exclamou o Leão.

— Não, vocês estão todos errados — disse o homenzinho, manso. — Eu apenas fiz vocês acreditarem nisso.

— Nos fez acreditar! — gritou Dorothy. — Você não é um grande mágico?

— Mais baixo, minha querida — disse ele. — Não fale tão alto, ou você será ouvida, e eu ficarei arruinado. Todos acreditam que sou um grande mágico.

— Mas você não é? — perguntou ela.

— Nem um pouco, minha querida, sou apenas um homem comum.

— Você é mais do que isso — disse o Espantalho, num tom tristonho. — Você é um charlatão.

— Exatamente isso! — declarou o homenzinho, esfregando as mãos como se isso o agradasse. — Sou um charlatão!

— Mas isso é terrível — disse o Homem de Lata. — Quando vou receber meu coração?

— Ou a minha coragem? — perguntou o Leão.

— Ou meu cérebro? — choramingou o Espantalho, limpando as lágrimas dos olhos com a manga do paletó.

— Meus queridos amigos — disse Oz —, peço que não falem dessas coisinhas pequenas. Pensem em mim e na terrível encrenca em que me meti ao ser descoberto.

— Ninguém mais sabe que você é um charlatão? — perguntou Dorothy.

— Ninguém além de vocês quatro, e de mim — respondeu Oz. — Enganei todo mundo por tanto tempo que pensei que nunca seria descoberto. Foi um grande erro deixar vocês entrarem na sala do trono. Eu nem costumo receber meus súditos, e assim eles acreditam que sou terrível.

— Mas eu não entendo — disse Dorothy, perplexa. — Como você apareceu na minha frente disfarçado de uma grande cabeça?

— Foi um dos meus truques — respondeu Oz. — Venham por aqui, por favor, e vou contar tudo sobre isso.

Ele caminhou em direção a um pequeno recinto atrás da sala do trono, e todos o seguiram. Então ele apontou um canto no qual se encontrava a grande cabeça, feita de várias camadas de papel e com uma face cuidadosamente pintada.

— Eu a pendurei no teto por meio de um arame — disse Oz. — Fiquei atrás do biombo e usei uma cordinha para mexer os olhos dela e manter a boca aberta.

— Mas e a voz? — perguntou ela.

— Ah, eu sou um ventríloquo — disse o homenzinho. — Posso enviar o som da minha voz a qualquer lugar, e assim fiz você pensar que ela vinha de dentro da cabeça. Eis as outras coisas que usei para enganar vocês.

Ele mostrou ao Espantalho o vestido e a máscara que usou quando apareceu diante dele como uma bela mulher. E o Homem de Lata viu que o animal terrível não passava de um monte de peles costuradas, com tiras sobre as costuras no avesso para manter o lado da pele para fora. Quanto à bola de fogo, o falso mágico também a pendurou no teto. Na verdade, era uma bola de algodão com fogo, e, ao despejar óleo nela, a bola soltava grandes labaredas.

— De fato — disse o Espantalho —, você deveria sentir vergonha de si mesmo, por ser um tremendo charlatão.

— Eu sinto, com certeza sinto — respondeu o homenzinho, tristonho —, mas foi a única coisa que eu podia fazer. Sentem-se, por favor, há muitas cadeiras aqui. Vou contar a minha história.

Então eles se sentaram e o ouviram contar a seguinte história:

— Nasci em Omaha…

— Ora, não é muito longe do Kansas! — gritou Dorothy.

— Não, mas é mais longe daqui — disse ele, balançando a cabeça, tristonho. — Quando cresci, me tornei um ventríloquo, depois de ser muito bem treinado por um grande mestre. Sei imitar qualquer tipo de pássaro ou animal.

Ao dizer isso, ele miou como um gatinho, fazendo com que Totó até erguesse as orelhas e olhasse em volta para ver onde estava o gato.

— Depois de algum tempo — continuou Oz —, acabei me cansando disso e me tornei um balonista.

— O que é isso? — perguntou Dorothy.

— É um homem que sobe pelos ares num balão em dias de circo para reunir muitas pessoas que paguem as entradas para assistir aos espetáculos — explicou ele.

— Ah — disse ela —, sei.

— Bem, certo dia subi num balão e as cordas ficaram enroscadas, então não consegui mais descer. O balão subiu acima das nuvens, tão alto que uma corrente de ar o atingiu e o carregou para longe, por muitos e muitos quilômetros. Por um dia inteiro e uma noite inteira, viajei pelos ares e, na manhã do segundo dia, despertei e vi que o balão estava flutuando sobre um país belo e estranho. Ele foi descendo devagar e acabei não me machucando nem um pouco. Mas eu me vi no meio de uma gente estranha, que, ao me ver saindo das nuvens, pensou que eu era um grande mágico. É claro que deixei que pensassem assim, porque tinham medo de mim, e me prometeram fazer qualquer coisa que eu quisesse.

"Só para me divertir e manter essa boa gente ocupada, mandei que construíssem essa cidade e meu palácio. Eles fizeram tudo com boa vontade e perfeição. Então pensei, como o país era tão verde e maravilhoso, eu a chamaria de Cidade das Esmeraldas, e para que o nome combinasse melhor com tudo em volta, ordenei que todas as pessoas usassem óculos verdes, assim tudo que elas veriam ficaria verde."

— Mas tudo aqui não é verde? — perguntou Dorothy.

— Não mais do que em qualquer outra cidade — respondeu Oz —, mas, quando você usa óculos verdes, é claro que tudo que vê parece ser verde. A Cidade das Esmeraldas foi construída há muitos anos, eu era um homem ainda jovem quando o balão me trouxe aqui, e agora sou um homem muito velho. Mas minha gente tem usado óculos com lentes verdes na frente dos olhos há tanto tempo que a maioria pensa que esta é mesmo uma Cidade das Esmeraldas. Com certeza é um belo lugar, com abundância de joias e metais preciosos e de tudo que é bom e necessário para fazer alguém feliz. Eu tenho sido bom para as pessoas, e elas gostam de mim; mas, desde que este palácio foi construído, eu me tranquei aqui e não quis mais ver ninguém.

"Um dos meus maiores medos eram as bruxas, pois, como eu não tinha nenhum poder mágico, logo descobri que as bruxas eram mesmo capazes de fazer coisas extraordinárias. Havia quatro aqui neste país, e elas mandavam nas pessoas que viviam no norte, e no sul, e no leste, e no oeste. Por sorte, as bruxas do Norte e do Sul eram boas, e eu sabia que elas não me fariam mal, mas as bruxas do Leste e do Oeste eram terrivelmente más, e se não pensassem que eu era mais poderoso do que elas, com certeza já teriam me destruído. Por muitos anos vivi com um medo mortal delas; então você já pode imaginar como fiquei contente quando soube que sua casa havia caído sobre a Bruxa Malvada do Leste. Quando você veio me procurar, eu estava disposto a prometer qualquer coisa se você acabasse com a outra bruxa; mas agora que você a derreteu, estou com vergonha de dizer que não posso cumprir as promessas que fiz."

— Acho que você é um homem muito mau — disse Dorothy.

— Ah, não, minha querida. Na verdade, sou um homem muito bom, mas sou um péssimo mágico, preciso admitir.

— Você não vai conseguir me dar um cérebro? — perguntou o Espantalho.

— Você não precisa dele — disse o velho. — Está aprendendo alguma coisa todos os dias. Um bebê tem um cérebro, mas ele não sabe muita coisa. A experiência é a única coisa que traz o conhecimento, e, quanto mais tempo você estiver na Terra, com certeza vai ter mais experiência.

— Tudo isso pode ser verdade — disse o Espantalho —, mas vou ser muito infeliz se você não me der um cérebro.

O falso mágico olhou para ele com atenção.

— Bem — disse ele com um suspiro —, não sou um mágico, como já disse, mas, se você quiser vir até aqui amanhã de manhã, vou estofar sua cabeça com um cérebro. Só não posso dizer como usá-lo, você terá de descobrir isso sozinho.

— Ah, obrigado, obrigado! — gritou o Espantalho. — Vou encontrar um jeito de usá-lo, não se preocupe!

— Mas e quanto à minha coragem? — perguntou o Leão, ansioso.

— Você já tem muita coragem, tenho certeza — respondeu Oz. — Apenas precisa de confiança em si mesmo. Não há nenhuma coisa viva que não sinta medo quando enfrenta um perigo. A verdadeira coragem é enfrentar o perigo mesmo sentindo medo, e esse tipo de coragem você já tem bastante.

— Talvez eu tenha, mas sinto medo do mesmo jeito — disse o Leão. — Vou ser mesmo muito infeliz a menos que você me dê o tipo de coragem que faz alguém esquecer que está com medo.

— Tudo bem, eu lhe darei esse tipo de coragem amanhã — respondeu Oz.

— E quanto ao meu coração? — perguntou o Homem de Lata.

— Bem, quanto a isso — respondeu Oz —, acho que você está errado em querer um coração. Ele deixa a maioria das pessoas infeliz. Se você soubesse disso, até se sentiria sortudo por não ter um coração.

— Isso deve ser uma questão de opinião — disse o Homem de Lata. — Quanto a mim, posso carregar toda a infelicidade do mundo sem uma única reclamação, se você me der um coração.

— Muito bem — respondeu Oz, resignado. — Venha amanhã de manhã e você terá um coração. Fingi ser um mágico por tantos anos, que posso muito bem continuar representando um pouco mais.

— E agora — disse Dorothy — como vou voltar para o Kansas?

— Precisamos pensar sobre isso — respondeu o homenzinho. — Me dê dois ou três dias para considerar o assunto, vou tentar encontrar um jeito de transportá-la sobre o deserto. Nesse meio-tempo, todos vocês serão tratados como meus hóspedes, e enquanto estiverem no palácio, meu pessoal cuidará de vocês e atenderá a qualquer solicitação. Há somente uma coisa que lhes peço em troca, para me ajudarem. Vocês deverão guardar meu segredo e não contar a ninguém que sou um charlatão.

Eles concordaram em não dizer nada sobre o que descobriram e voltaram bastante animados para os quartos. Até Dorothy tinha a esperança de que "O Grande e Terrível Charlatão", como passou a chamá-lo, encontraria um jeito de enviá-la de volta ao Kansas, e se ele conseguisse, ela o perdoaria por tudo o que fizera.

16

As artes mágicas do grande Charlatão

Pela manhã, o Espantalho disse aos seus amigos:

— Me deem os parabéns, estou indo ao encontro de Oz para enfim receber meu cérebro. Quando eu voltar, serei como os outros homens.

— Eu sempre gostei de você como você é — disse Dorothy, simplesmente.

— É muita gentileza sua gostar de um espantalho — respondeu ele. — Mas com certeza você vai me valorizar ainda mais quando ouvir os esplêndidos pensamentos que meu novo cérebro vai produzir.

Então ele se despediu de todos com uma voz animada e foi até a sala do trono, onde bateu na porta.

— Entre — disse Oz.

O Espantalho entrou e encontrou o homenzinho sentado junto à janela, mergulhado em profundos pensamentos.

— Eu vim por causa do meu cérebro! — exclamou o Espantalho, um pouco constrangido.

— Ah, sim. Sente-se naquela cadeira, por favor — respondeu Oz. — Você vai precisar me perdoar por tirar sua cabeça, mas preciso fazer isso para colocar seu cérebro no lugar apropriado.

— Está bem — disse o Espantalho. — Você pode tirar minha cabeça, contanto que ela esteja melhor quando a colocar de volta.

O Mágico desenroscou a cabeça dele e esvaziou-a, tirando toda a palha. Então entrou no recinto anexo e pegou uma medida de farelo, que misturou com muitos alfinetes e agulhas. Depois de misturar e agitar tudo muito bem, ele encheu o topo da cabeça do Espantalho com a mistura e estofou o resto do espaço com palha, para manter o cérebro no lugar.

Quando ele fixou a cabeça do Espantalho no corpo novamente, disse:

— De hoje em diante você será um grande homem, pois eu o celebro com um novo cérebro.

O Espantalho ficou contente e orgulhoso com a realização de seu maior desejo e, depois de seus agradecimentos calorosos a Oz, voltou para onde estavam seus amigos.

Dorothy olhou para ele com muita curiosidade, pois sua cabeça estava um tanto inchada no topo, por causa do cérebro.

— Como você se sente? — perguntou ela.

— Eu me sinto sábio, de verdade — respondeu ele, com um ar sério. — Quando eu me acostumar com meu cérebro, vou conhecer tudo.

— Por que essas agulhas e alfinetes estão espetados na sua cabeça? — perguntou o Homem de Lata.

— É uma prova de que ele é afiado — comentou o Leão.

— Bem, preciso ir ao meu encontro com Oz, para receber meu coração — disse o Homem de Lata. Ele caminhou até a sala do trono e bateu na porta.

— Entre — chamou Oz, e o Homem de Lata entrou e disse:

— Vim por causa do meu coração.

— Está bem — respondeu o homenzinho —, mas vou ter de abrir um buraco em seu peito para colocar seu coração no lugar apropriado. Espero que isso não o machuque.

— Ah, não — respondeu o Homem de Lata. — Não vou sentir nada.

Então Oz trouxe um par de tesouras de funileiro e abriu um pequeno buraco quadrado no lado esquerdo do peito do Homem de Lata. Depois, foi até uma cômoda e tirou de uma das gavetas um belo coração, todo feito de seda e estofado com serragem.

— Não é uma beleza? — perguntou ele.

— É mesmo! — respondeu o Homem de Lata, que ficou muito contente. — Mas é um coração gentil?

— Ah, bastante! — respondeu Oz. Ele colocou o coração no peito do Homem de Lata e depois fechou o buraco com o quadrado de lata, soldando-o com cuidado no lugar em que fora cortado.

— Tudo pronto — disse ele. — Agora você tem um coração do qual qualquer homem pode se orgulhar. Me desculpe por ter colocado um remendo em seu peito, mas realmente não teve outro jeito.

— Não se preocupe com o remendo! — exclamou o feliz Homem de Lata. — Sou muito grato a você e nunca vou esquecer sua gentileza.

— Não fale sobre isso — respondeu Oz.

Então o Homem de Lata voltou à companhia de seus amigos, que lhe desejaram muita felicidade, por conta de sua boa sorte.

O Leão caminhou até a sala do trono e bateu na porta.

— Entre — disse Oz.

— Eu vim por causa da minha coragem — anunciou o Leão, entrando na sala.

— Muito bem — respondeu o homenzinho —, vou pegá-la para você.

Ele se encaminhou a um armário e, estendendo o braço até uma prateleira na parte de cima, pegou uma garrafa verde quadrada, cujo conteúdo esvaziou sobre uma tigela verde-dourada belamente entalhada. Colocando-a na frente do Leão Covarde, que cheirou aquilo como se não tivesse gostado nem um pouco, o Mágico disse:

— Beba.

— O que é? — perguntou o Leão.

— Bem — respondeu Oz —, se isso estivesse dentro de você, seria a coragem. Você sabe, é claro, que a coragem sempre está dentro da gente; portanto, isso de fato não pode ser chamado de coragem enquanto você não o ingerir. Então, eu o aconselho a bebê-lo o mais depressa possível.

O Leão não hesitou, bebeu tudo até a tigela ficar vazia.

— Como você se sente agora? — perguntou Oz.

— Cheio de coragem — respondeu o Leão, que voltou alegremente à companhia de seus amigos, para contar sobre sua boa sorte.

Oz, quando ficou sozinho, sorriu ao pensar no seu sucesso em dar ao Espantalho, ao Homem de Lata e ao Leão exatamente o que eles achavam que queriam. "Como posso deixar de ser um charlatão", disse ele a si mesmo, "se toda essa gente quer que eu faça coisas que todos sabem que não podem ser feitas? Foi fácil deixar o Espantalho, o Leão e o Homem de Lata felizes, porque eles imaginavam que eu poderia fazer qualquer coisa. Mas é preciso mais do que imaginação para levar Dorothy de volta ao Kansas, e tenho certeza de que não sei como isso poderá ser feito."

17

Como o balão foi lançado

Por três dias, Dorothy não teve nenhuma notícia de Oz. Foram dias tristes para a menininha, apesar de seus amigos estarem felizes e contentes. O Espantalho contou que havia pensamentos maravilhosos em sua cabeça; mas não disse quais eram, porque sabia que ninguém poderia entendê-los além dele mesmo. Quando o Homem de Lata andava de um lado ao outro, sentia o coração chacoalhar no peito, e contou a Dorothy que tinha descoberto que seu coração atual era mais gentil e carinhoso do que aquele que possuía antes, quando era feito de carne. O Leão declarou que não tinha medo de nada na Terra e que enfrentaria de bom grado um exército ou uma dúzia dos ferozes Kalidahs.

Assim, cada um do pequeno grupo estava satisfeito, com exceção de Dorothy, que queria mais do que nunca voltar ao Kansas.

Para sua grande alegria, no quarto dia, Oz mandou chamá-la, e quando ela entrou na sala do trono, ele a saudou, gentil:

— Sente-se, minha querida. Acho que encontrei um jeito de tirá-la deste país.

— E voltar para o Kansas? — perguntou ela, ansiosa.

— Bem, não tenho certeza quanto ao Kansas — disse Oz —, pois não tenho a mínima noção de que lado fica. Mas a primeira coisa a fazer é atravessar o deserto, depois deve ser mais fácil encontrar o caminho para sua casa.

— Mas como vou atravessar o deserto? — perguntou ela.

— Bem, vou dizer o que penso — disse o homenzinho. — Veja, cheguei a este país em um balão. Você também veio pelo ar, levada por um ciclone. Portanto, acredito que o melhor jeito de atravessar o deserto é pelo ar. Porém, está além dos meus poderes produzir um ciclone; mas eu estive pensando sobre o assunto e acredito que posso fazer um balão.

— Como? — perguntou Dorothy.

— Um balão — disse Oz — é feito de seda, que é revestida de cola para manter o gás em seu interior. Tenho muita seda no palácio, portanto, não vai ser difícil fazer o balão. Mas em todo este país não há gás para enchê-lo e fazê-lo flutuar.

— Se ele não flutuar — comentou Dorothy —, será inútil para nós.

— É verdade — respondeu Oz. — Mas há outro jeito de fazê-lo flutuar, basta enchê-lo de ar quente. O ar quente não é tão bom quanto o gás, porque, quando o ar esfria, o balão desce, e, se ele descer no deserto, nós estaremos perdidos.

— Nós! — exclamou a menina. — Você virá comigo?

— Sim, é claro — respondeu Oz. — Estou cansado de ser um charlatão. Se eu sair deste palácio, meu povo logo vai descobrir que não sou um mágico, então vão ficar aborrecidos comigo por tê-los decepcionado. Por isso, tenho de ficar fechado nestes recintos o dia inteiro, e isso é muito cansativo. Prefiro voltar ao Kansas com você e voltar a trabalhar num circo.

— Vou ficar feliz com a sua companhia — disse Dorothy.

— Obrigado — respondeu ele. — Agora, se você quiser me ajudar a costurar a seda, vamos começar a trabalhar no nosso balão.

Dorothy pegou uma agulha e um carretel de linha, e tão depressa quanto Oz cortava as tiras de seda no tamanho apropriado, a menina já as costurava umas às outras. Primeiro, uma tira de seda verde-clara, depois uma tira verde-escura, e depois uma tira verde-esmeralda; pois Oz desejava fazer o balão em diferentes tonalidades dessa cor. Eles passaram três dias costurando todas as tiras, umas às outras, e quando terminaram, tudo aquilo parecia uma grande bolsa de seda verde, medindo mais de sessenta e cinco metros de comprimento.

Então Oz pintou o interior com uma camada fina de cola para deixá-lo impermeável ao ar, depois anunciou que o balão estava pronto.

— Mas precisamos de um cesto para nos transportar — disse ele. Pediu ao soldado de bigodes verdes que fosse buscar um grande cesto de roupas, que ele fixou com muitas cordas à parte de baixo do balão.

Quando tudo ficou pronto, Oz disse ao seu povo que ia fazer uma visita a um grande irmão mágico que vivia nas nuvens. A notícia se espalhou rápido pela cidade, e todos vieram ver aquele objeto maravilhoso.

Oz ordenou que o balão fosse levado para a frente do palácio, e as pessoas o observaram com muita curiosidade. O Homem de Lata havia cortado uma grande pilha de lenha para acender uma fogueira, e Oz segurou a boca do balão sobre o fogo, para que o ar quente das chamas entrasse na bolsa de seda. O balão foi se enchendo aos poucos, até que finalmente o cesto tocou o chão.

Então Oz entrou no cesto e disse a todas as pessoas, em voz alta:

— Agora estou indo embora para fazer uma visita. Enquanto eu estiver fora, o Espantalho vai governá-los. Ordeno que vocês o obedeçam, como obedeceriam a mim.

Naquele momento, o balão começou a puxar com força a corda que o mantinha preso ao chão, pois o ar em seu interior estava muito quente, e o deixava bem mais leve do que o ar externo; e isso forçava a sua subida ao céu.

— Venha, Dorothy! — gritou o Mágico. — Apresse-se, senão o balão vai embora.

— Não consigo encontrar o Totó em lugar nenhum — respondeu Dorothy, que não queria deixar o cãozinho para trás. Totó havia corrido para dentro de um grupo de pessoas, latindo atrás de um gato, e Dorothy finalmente o encontrou. Pegou-o e saiu correndo em direção ao balão. Estava a alguns poucos passos de distância dele, e Oz até estendeu as mãos para ajudá-la a entrar no cesto, quando, crack!, as cordas se romperam, e o balão subiu ao céu sem ela.

— Volte! — gritou ela. — Eu quero ir também!

— Não posso voltar, minha querida — respondeu Oz de dentro do cesto. — Adeus!

— Adeus! — gritaram todos, e todos os olhares se dirigiram para cima, para ver aonde o Mágico iria dentro daquele cesto, a cada instante subindo mais alto e distanciando-se mais no céu.

E essa foi a última visão que cada um teve de Oz, o Mágico Maravilhoso, e ele deve ter alcançado Omaha em segurança e estar lá agora, pelo que sabemos. Mas as pessoas sempre se lembravam dele com ternura e diziam, umas às outras:

— Oz sempre foi nosso amigo. Quando ele esteve aqui, construiu para nós esta bela Cidade das Esmeraldas, agora ele se foi e deixou o sábio Espantalho para nos governar.

Mesmo assim, por muitos dias lamentaram a perda do Mágico Maravilhoso e ficaram muito tristes.

18

Para o Sul

Dorothy chorou amargamente por ter perdido as esperanças de voltar para casa no Kansas; mas, depois que refletiu bastante sobre tudo aquilo, até ficou contente por não ter voado no balão. Mas também sentiu muito pesar por perder Oz, assim como seus companheiros.

O Homem de Lata aproximou-se dela e disse:

— Na verdade, eu seria um ingrato se não lamentasse a perda do homem que me deu meu belo coração. Até gostaria de chorar um pouco por Oz ter ido embora, mas só se você enxugar minhas lágrimas, para eu não me enferrujar.

— Com prazer — respondeu ela e logo foi buscar uma toalha. Então o Homem de Lata chorou por alguns minutos, e ela ficou observando com atenção as lágrimas caírem, para logo enxugá-las com a toalha. Quando ele terminou, agradeceu gentilmente e lubrificou-se inteiro com o óleo de sua lata cravejada de pedras preciosas para se proteger de acidentes.

Agora o Espantalho era o governador da Cidade das Esmeraldas e, apesar de não ser um mágico, as pessoas sentiam orgulho dele. "Não há outra cidade em todo o mundo governada por um homem estofado", diziam. E assim, pelo que sabiam, até estavam certas.

Na manhã seguinte, após o dia em que o balão havia partido com Oz, os quatro viajantes reuniram-se na sala do trono para colocar os assuntos em dia. O Espantalho sentou-se no grande trono e os outros ficaram em pé, em respeito, diante dele.

— Não somos tão azarados — disse o novo governador —, porque este palácio e a Cidade das Esmeraldas agora pertencem a nós, e podemos fazer o que quisermos. Quando lembro que pouco tempo atrás eu estava preso a uma estaca numa plantação de milho de um fazendeiro e que agora sou o governador desta bela cidade, me sinto satisfeito com meu destino.

— Eu também — disse o Homem de Lata —, estou muito bem com meu novo coração; e essa foi mesmo a única coisa que sempre desejei no mundo.

— E quanto a mim, estou muito contente em saber que sou tão corajoso quanto qualquer animal que existe, talvez até mais corajoso — disse o Leão com modéstia.

— Se Dorothy se sentisse feliz em viver na Cidade das Esmeraldas — prosseguiu o Espantalho —, poderíamos ser felizes juntos.

— Mas eu não quero viver aqui — gritou Dorothy. — Quero voltar ao Kansas e viver com a tia Ema e o tio Henry.

— Então, o que podemos fazer? — perguntou o Homem de Lata.

O Espantalho resolveu pensar, e pensou tanto que os alfinetes e agulhas começaram a se projetar para fora de seu cérebro. Por fim, disse:

— Por que não chamamos os macacos alados e pedimos a eles que a transportem pelo deserto?

— Por que não pensei nisso?! — disse Dorothy, animada. — É isso mesmo. Vou já pegar o capuz dourado.

Quando ela o trouxe à sala do trono e pronunciou as palavras mágicas, logo o bando de macacos alados entrou voando pelas janelas abertas e parou ao seu lado.

— É a segunda vez que você nos chama — disse o Rei dos Macacos, inclinando--se diante da menina. — O que deseja?

— Quero que você voe comigo até o Kansas — disse Dorothy.

Mas o Rei dos Macacos sacudiu a cabeça.

— Isso não pode ser feito — disse ele. — Pertencemos apenas a este país e não podemos deixá-lo. Nunca existiu um macaco alado no Kansas, e imagino que nunca existirá, pois eles não pertencem àquele lugar. Ficaremos felizes em servi-la de alguma forma com nossos poderes, mas não podemos atravessar o deserto. Adeus!

E com outra reverência, o Rei dos Macacos abriu as asas e saiu voando pela janela, seguido por todo o bando.

Dorothy, muito desapontada, estava prestes a chorar.

— Desperdicei os poderes mágicos do capuz dourado por nada — disse ela —, pois os macacos alados não podem me ajudar.

— Isso é mesmo péssimo! — disse o Homem de Coração Gentil.

O Espantalho começou a pensar de novo, e sua cabeça ficou tão inchada que Dorothy teve medo de que ela explodisse.

— Vamos chamar o soldado dos bigodes verdes — disse ele — e pedir seu conselho.

Então o soldado foi chamado e entrou na sala do trono muito constrangido, pois, enquanto Oz estava vivo, ele nunca permitiu seu acesso para além da porta.

— Essa menininha — disse o Espantalho ao soldado — deseja atravessar o deserto. O que ela pode fazer?

— Não sei dizer — respondeu o soldado —, pois ninguém jamais atravessou o deserto, a não ser o próprio Oz.

— Não há ninguém que possa me ajudar? — perguntou Dorothy com ar sério.

— Glinda talvez possa — sugeriu ele.

— Quem é Glinda? — perguntou o Espantalho.

— A bruxa do Sul. Ela é a mais poderosa de todas as bruxas e governa os quadlings. Além disso, o castelo dela fica na beira do deserto, então ela deve conhecer um caminho para atravessá-lo.

— Glinda é uma bruxa bondosa, não é? — perguntou a criança.

— Os quadlings acham que ela é bondosa — disse o soldado —, e ela é gentil com todo mundo. Ouvi dizer que Glinda é uma bela mulher que sabe como se manter jovem, apesar dos muitos anos que já viveu.

— Como posso chegar até seu castelo? — perguntou Dorothy.

— A estrada vai numa reta até o sul — respondeu ele —, mas dizem que é repleta de perigos para os viajantes. Há animais selvagens nos bosques, e uma raça de homens esquisitos que não gostam de estranhos que atravessam o seu país. Por essa razão os quadlings nunca vêm para a Cidade das Esmeraldas.

Então o soldado foi embora, e o Espantalho disse:

— Parece que, apesar dos perigos, a melhor coisa que Dorothy pode fazer é viajar ao País do Sul e pedir ajuda a Glinda. É claro que, se Dorothy permanecer aqui, ela nunca voltará ao Kansas.

— Você deve ter pensado de novo — comentou o Homem de Lata.

— Sim — disse o Espantalho.

— Eu vou com Dorothy — declarou o Leão —, pois estou cansado da cidade, sinto saudades dos bosques e dos campos. Sou mesmo um animal selvagem, sabe. Além disso, Dorothy vai precisar de alguém que a proteja.

— É verdade — concordou o Homem de Lata. — Meu machado pode ser útil para ela; portanto, eu também vou ao País do Sul.

— Quando vamos partir? — perguntou o Espantalho.

— Você também vai? — perguntaram todos, surpresos.

— Com certeza. Se não fosse por Dorothy, eu nunca teria recebido meu cérebro. Ela me tirou da estaca no milharal e me trouxe até a Cidade das Esmeraldas. Portanto, devo toda a minha boa sorte a ela, e nunca vou deixá-la enquanto ela não tiver voltado ao Kansas.

— Muito obrigada — disse Dorothy, agradecida. — Vocês são todos muito gentis comigo. Mas eu gostaria de partir o mais depressa possível.

— Podemos ir amanhã de manhã — respondeu o Espantalho. — Então vamos todos nos preparar, pois será uma longa viagem.

19

Atacados pelas árvores agressivas

Pela manhã, Dorothy deu um beijinho de adeus na bonita moça verde, e todos apertaram a mão do soldado dos bigodes verdes, que os acompanhou na caminhada até o portão. Quando o guarda do portão os viu de novo, ficou surpreso ao saber que eles deixariam a bela cidade, só para se envolverem de novo em enrascadas. Mas imediatamente tirou os óculos de todos e os colocou de volta na caixa verde, e desejou-lhes tudo de bom na viagem.

— Agora você é nosso governador — disse ele ao Espantalho —, portanto, precisa voltar para nós o mais depressa possível.

— Com certeza farei isso, assim que puder — respondeu o Espantalho —, mas preciso ajudar Dorothy a ir para casa primeiro.

Ao dar um último adeus ao bondoso guarda, Dorothy disse:

— Fui muito bem tratada em sua bela cidade, e todos foram muito bons para mim. Nem posso lhe dizer como estou agradecida.

— Nem precisa, minha querida — respondeu ele. — Gostaríamos de ter você aqui conosco, mas se é seu desejo voltar ao Kansas, espero que encontre um caminho.

Então abriu o portão do muro externo, e eles saíram da cidade, iniciando a viagem.

O sol brilhava forte quando nossos amigos tomaram a estrada rumo ao País do Sul. Estavam todos muito animados, rindo e tagarelando. Mais uma vez, Dorothy tinha muita esperança de voltar para casa, e o Espantalho e o Homem de Lata sentiam-se felizes em ser úteis a ela. Quanto ao Leão, ele respirava o ar fresco com muito gosto e balançava a cauda de um lado ao outro por pura alegria de estar no campo de novo; enquanto isso, Totó corria em volta deles, caçando mariposas e borboletas, latindo alegremente o tempo todo.

— A vida na cidade não combina comigo, de jeito nenhum — comentou o Leão, enquanto eles caminhavam num passo animado. — Perdi muita carne desde que fui morar lá, agora estou ansioso por uma oportunidade de mostrar aos outros animais como fiquei corajoso.

Eles se viraram e lançaram um último olhar à Cidade das Esmeraldas. Tudo o que conseguiram ver foi um conjunto de torres e campanários atrás dos muros verdes, e bem no alto, acima de tudo, os pináculos e a cúpula do palácio de Oz.

— Oz não foi um mágico tão ruim assim, afinal de contas — disse o Homem de Lata, sentindo o coração bater no peito.

— Ele soube como me dar um cérebro, e um cérebro muito bom, aliás — disse o Espantalho.

— Se Oz tivesse tomado uma dose da mesma coragem que me deu — acrescentou o Leão —, teria sido um homem corajoso.

Dorothy não disse nada. Oz não cumpriu sua promessa, mas fez o melhor que pôde, então ela o perdoou. Em suas próprias palavras, ele foi um homem bom, mesmo sendo um péssimo mágico.

O primeiro dia de viagem foi através dos campos verdes e das belas flores que se estendiam em volta da Cidade das Esmeraldas. Naquela noite, eles dormiram sobre a relva, com nada além das estrelas acima deles; e, de fato, até que descansaram muito bem.

Pela manhã, caminharam até chegar a um bosque muito denso. Não havia nenhum caminho que o contornasse, pois parecia estender-se à direita e à esquerda até onde eles conseguiam ver. Além disso, eles não ousariam mudar a direção da jornada, com medo de se perderem. Então procuraram um lugar onde seria mais fácil entrar na floresta.

O Espantalho, que estava na liderança, finalmente descobriu uma grande árvore com galhos bem esparramados, formando um amplo espaço por baixo deles, por onde o grupo poderia atravessar com mais facilidade. Então ele foi na frente, em direção à árvore, mas, assim que chegou e entrou por baixo dos primeiros galhos, eles se curvaram e se enrolaram em volta dele, e, no minuto seguinte, ele foi erguido do solo e atirado de volta para onde estavam seus companheiros de viagem.

Isso não machucou o Espantalho, mas o surpreendeu, e ele parecia meio zonzo quando Dorothy o pegou.

— Aqui há outro espaço entre as árvores — chamou o Leão.

— Deixe-me testá-lo primeiro — disse o Espantalho —, porque, se eu for atirado de novo, não vou me machucar.

Enquanto falava, ele caminhou até a outra árvore, mas os galhos imediatamente o pegaram e o atiraram de volta.

— Que estranho! — exclamou Dorothy. — O que vamos fazer?

— As árvores parecem ter decidido lutar contra nós e interromper nossa viagem — comentou o Leão.

— Acho que vou tentar — disse o Homem de Lata e, colocando seu machado no ombro, marchou até aquela primeira árvore que tinha sido tão rude com o Espantalho. Quando um grande galho se curvou para baixo, para pegá-lo, o Homem de Lata o golpeou tão ferozmente que conseguiu cortá-lo em dois. Logo, a árvore começou a sacudir todos os seus galhos como se estivesse sentindo dor, e o Homem de Lata passou por baixo dela são e salvo.

— Venham! — gritou ele para os outros. — Venham logo!

Todos correram até lá e passaram sob a árvore sem se machucar, com exceção de Totó, que foi agarrado por um galho menor e sacudido até uivar. Mas o Homem de Lata prontamente cortou o galho e libertou o cãozinho.

As outras árvores da floresta não fizeram nada para impedi-los de passar, então eles imaginaram que apenas a primeira fileira de árvores conseguia curvar os galhos para baixo, e que elas deviam ser as guardiãs da floresta, com aquele maravilhoso poder de manter os estranhos fora dela.

Os quatro viajantes caminharam facilmente por baixo das árvores até chegarem à borda mais distante do bosque. Então, para surpresa de todos, eles se viram diante de um muro alto, que parecia ser feito de porcelana branca. Era liso, como a superfície de um prato, e mais alto que eles.

— O que vamos fazer agora? — perguntou Dorothy.

— Vou fazer uma escada — disse o Homem de Lata —, porque com certeza vamos ter de escalar o muro.

20

O país das porcelanas delicadas

Enquanto o Homem de Lata fazia uma escada com a madeira que encontrou na floresta, Dorothy se deitou e dormiu, pois se sentia cansada da longa caminhada. O Leão também se enrolou para dormir, e Totó deitou-se ao seu lado.

O Espantalho ficou observando o Homem de Lata trabalhar e disse:

— Não consigo imaginar por que esse muro está aqui, nem do que ele é feito.

— Descanse o cérebro e não se preocupe com o muro — respondeu o Homem de Lata. — Depois que passarmos por cima dele, vamos saber o que há do outro lado.

Depois de algum tempo, a escada ficou pronta. Parecia meio desajeitada, mas o Homem de Lata tinha certeza de que ela era forte e corresponderia ao seu propósito. O Espantalho despertou Dorothy, o Leão e Totó, e avisou que a escada estava pronta. O Espantalho subiu primeiro, mas era tão desajeitado ao pisar nos degraus que Dorothy teve de subir bem atrás dele para impedi-lo de cair. Quando ele chegou com a cabeça acima do topo do muro, disse:

— Minha nossa!

— Continue! — exclamou Dorothy.

Então o Espantalho subiu mais um pouco e sentou-se no topo, e Dorothy esticou a cabeça por cima do muro e gritou, do mesmo modo que o Espantalho:

— Minha nossa!

Depois foi Totó que subiu, e logo começou a latir, mas Dorothy mandou que ele ficasse quieto.

O Leão foi quem subiu em seguida, e o Homem de Lata foi o último; mas, tão logo espiaram por cima do muro, ambos gritaram:

— Minha nossa!

Quando todos já estavam sentados sobre o muro, um ao lado do outro, eles olharam para baixo e tiveram uma estranha visão.

Adiante havia um campo muito extenso, com um piso tão liso, brilhante e branco como a tampa de uma grande travessa. Havia muitas casas espalhadas em volta, todas de porcelana e pintadas nas mais brilhantes cores. Essas casas eram pequeninas, a altura da maior delas alcançava apenas a cintura de Dorothy. Também havia belos celeirinhos com cercas de porcelana em volta; e muitas vacas, e carneiros, e cavalos, e porcos, e galinhas, todos feitos de porcelana, espalhados em grupos.

Porém, o mais estranho de tudo eram as pessoas que viviam nesse país esquisito. Havia ordenhadoras e pastoras usando corpetes coloridos de cores brilhantes e bolinhas douradas sobre toda a roupa; princesas com belíssimos vestidos de prata, ouro e púrpura; pastores usando calças até os joelhos, com listras rosa, amarelas e azuis e fivelas douradas nos sapatos; príncipes com coroas na cabeça, incrustradas de belas pedras preciosas, e usando mantos de arminho e gibões de cetim; e divertidos palhaços em roupas estufadas, com pintas vermelhas redondas nas bochechas e chapéus altos, pontiagudos. E, o mais estranho de tudo, essas pessoas eram todas feitas de porcelana, até mesmo suas roupas, e eram tão pequenas que a maior delas quase não chegava à altura do joelho de Dorothy.

No início, nenhuma delas olhou para os viajantes, exceto um cãozinho de porcelana púrpura, com uma cabeça enorme, que se aproximou do muro e latiu numa vozinha estridente, mas logo depois foi embora correndo.

— Como vamos descer daqui? — perguntou Dorothy.

Para eles, a escada era pesada demais, e não conseguiram puxá-la para cima, então o Espantalho pulou do muro, e os outros pularam sobre ele, para que seus pés não se machucassem em contato com o piso muito duro. É claro que tomaram cuidado para não pisarem na cabeça dele e ficarem com alfinetes e agulhas espetados na sola dos pés. Quando todos já estavam a salvo do outro lado do muro, pegaram o Espantalho, cujo corpo já estava quase achatado, e afofaram a palha dentro dele, deixando-o bem estufado de novo.

– Precisamos atravessar esse lugar estranho para chegarmos ao outro lado — disse Dorothy —, pois seria insensato da nossa parte tomarmos qualquer outro caminho além desse que nos leva para o sul.

Eles começaram a caminhar pelo país daquelas pessoas de porcelana, e a primeira coisa que encontraram foi uma ordenhadeira de porcelana ordenhando uma vaca de porcelana. Quando se aproximaram, a vaca de repente deu um coice no banquinho, no balde, e até na própria ordenhadeira, e, com um estrondo, todos caíram sobre o piso de porcelana.

Dorothy ficou chocada ao ver que a vaca quebrara a perna, e que o balde havia se partido em muitos pedacinhos, enquanto a pobre ordenhadeira estava com um corte no cotovelo esquerdo.

— Ei, vocês aí! — gritou a ordenhadeira, zangada. — Vejam o que fizeram! Minha vaca quebrou a perna, e agora vou ter de levá-la à loja de consertos para colarem a perna dela. O que vocês querem por aqui, assustando a minha vaca?

— Sinto muito — respondeu Dorothy. — Por favor, nos perdoe.

Mas a bonita ordenhadeira estava aborrecida demais para responder. Ela pegou a perna da vaca, com muito mau humor, e levou a vaca embora; o pobre animal teve de andar mancando com apenas três pernas. Ao deixá-los, a ordenhadeira dirigiu muitos olhares de reprovação sobre o ombro aos estranhos constrangidos, enquanto mantinha o cotovelo machucado bem junto ao corpo.

Dorothy ficou muito abalada com aquele acidente.

— Precisamos ser muito cuidadosos aqui — disse o Homem do Coração Gentil — ou vamos machucar essas pessoas pequeninas, e elas nunca vão conseguir superar isso.

Um pouco mais adiante, Dorothy encontrou uma jovem princesa, vestida com primor, que parou de repente quando viu os estranhos e começou a correr.

Dorothy quis ver a princesa mais de perto, então correu atrás dela. Mas a menina de porcelana gritou:

— Não corra atrás de mim! Não corra atrás de mim!

Ela tinha uma vozinha tão assustada que Dorothy parou e disse:

— Por que não?

— Porque — respondeu a princesa, parando também, a uma distância segura — se eu correr posso cair e me quebrar.

— Mas você não pode ser consertada? — perguntou a menina.

— Ah, sim, mas nunca ficamos tão bonitos depois de consertados, sabe — respondeu a princesa.

— Acho que não — disse Dorothy.

— Ora, o sr. Joker, um de nossos palhaços — prosseguiu a princesa de porcelana —, sempre tenta ficar de ponta-cabeça. Ele já quebrou tantas vezes que ficou remendado em centenas de lugares, e sua aparência não é mais tão boa quanto antes. Ele está vindo para cá, então você vai poder ver por si mesma.

De fato, um palhacinho alegre veio caminhando em direção a elas, e Dorothy pôde ver que, apesar de suas belas roupas vermelha, amarela e verde, ele estava totalmente coberto de cacos colados em vários sentidos, mostrando plenamente que ele havia sido consertado em muitos lugares.

O palhaço enfiou as mãos nos bolsos, e depois de soprar o ar das bochechas e inclinar a cabeça diante delas com um ar atrevido, ele disse:

Minha formosa senhora Por que está olhando Para o pobre velho sr. Joker?
Você é tão rígida e empertigada que parece ter comido todo o pôquer!*

* Além do jogo tão conhecido, a palavra "poker" (*poker face*) em inglês é usada como uma gíria para designar uma pessoa de expressão impassível e rígida. (N.T.)

— Fique quieto, senhor! — disse a princesa. — Não está vendo que eles são forasteiros, e devem ser tratados com respeito?

— Bem, isso é respeito, espero — declarou o palhaço, e logo se colocou de ponta-cabeça.

— Não dê importância ao sr. Joker — disse a princesa a Dorothy. — Ele está com a cabeça bastante quebrada, e isso o deixa assim tão doido.

— Ah, não me preocupo nem um pouco com ele — disse Dorothy. — Mas você é tão linda — continuou — que tenho certeza de que poderia amá-la com ternura. Você não gostaria de ser levada ao Kansas para que eu a coloque na frente da lareira da tia Ema? Eu poderia levá-la dentro da minha cesta.

— Isso me deixaria muito infeliz — respondeu a princesa de porcelana. — Veja, aqui em nosso país vivemos muito contentes e podemos falar e andar por aí como quisermos. Mas tão logo qualquer um de nós é levado embora, nossas juntas imediatamente se enrijecem, e ficamos apenas imóveis e com uma bela aparência. É claro, isso é tudo que esperam de nós quando somos colocados em frisos de lareiras, armários e mesas de escritório, mas nossa vida é muito mais agradável aqui em nosso próprio país.

— Eu não a faria infeliz, de jeito nenhum! — exclamou Dorothy. — Então apenas lhe direi adeus.

— Adeus — respondeu a princesa.

Eles caminharam com cuidado pelo país das porcelanas. Os pequenos animais e todas as pessoas fugiram para sair do caminho deles, com medo de que os forasteiros pudessem quebrá-los, e, depois de mais ou menos uma hora, os viajantes chegaram ao outro lado do país e se depararam com mais um muro de porcelana.

Mas esse não era tão alto quanto o primeiro, e, ficando em pé nas costas do Leão, todos conseguiram subir ao topo. Depois, o Leão dobrou as pernas e saltou por cima do muro; mas, ao saltar, bateu a cauda numa igreja de porcelana, que quebrou inteira em mil pedacinhos.

— Isso foi péssimo — disse Dorothy — mas acho mesmo que tivemos sorte em não provocar mais danos a essas pessoas pequeninas além de quebrar a perna de uma vaca e uma igreja. São todos tão frágeis!

— São mesmo — disse o Espantalho —, e me sinto feliz por ser feito de palha, assim não posso ser danificado com facilidade. Há coisas piores no mundo do que ser um espantalho.

21

O Leão se torna o rei dos animais

Depois de descerem o muro de porcelana, os viajantes perceberam que estavam num lugar muito desagradável, repleto de brejos e pântanos e coberto por um capim alto e denso. Era difícil caminhar sem cair em buracos lamacentos, pois ficavam escondidos sob o capim espesso. Entretanto, abrindo caminho com cuidado, eles conseguiram passar a salvo até chegarem a um terreno mais sólido. Mas ali a região parecia mais selvagem do que nunca, e, depois de uma longa e cansativa caminhada através dos arbustos baixos, eles entraram em outra floresta, onde as árvores eram maiores e mais velhas do que qualquer outra que já tinham visto.

— Esta floresta é perfeitamente encantadora — declarou o Leão, olhando em volta com muita alegria. — Nunca vi um lugar mais bonito que este.

— Parece sombria — disse o Espantalho.

— Nem um pouco — respondeu o Leão. — Eu até gostaria de viver aqui toda a minha vida. Veja como as folhas secas são macias sob os seus pés, e como é rico e verde o musgo que envolve essas velhas árvores. Com certeza nenhum animal selvagem poderia desejar um lar mais agradável.

— Talvez existam animais selvagens na floresta — disse Dorothy.

— Acho que sim — respondeu o Leão. — Mas não estou vendo nenhum por aqui.

Eles caminharam através da floresta até ficar escuro demais para ir adiante. Dorothy, Totó e o Leão se deitaram para dormir, enquanto o Homem de Lata e o Espantalho permaneceram vigilantes, como de costume.

Quando a manhã chegou, recomeçaram a caminhada. Ainda não tinham caminhado muito quando ouviram um estrondo, como um rugido de muitos animais selvagens. Totó choramingou um pouco, mas os outros não sentiram medo, mantiveram-se na trilha, já bastante pisoteada, até chegarem a uma clareira, onde estavam reunidas centenas de animais de diversas espécies. Havia tigres, elefantes, ursos, lobos, raposas e todas as outras da história natural, e, por um instante, Dorothy ficou com medo. Mas o Leão explicou que os animais estavam promovendo um encontro, e, pelos rosnados e rugidos, deduziu que estavam com um grande problema.

Muitos dos animais o viram quando ele começou a falar, e imediatamente a grande assembleia ficou em silêncio, como por encanto. O maior dos tigres aproximou-se do Leão e fez uma reverência, dizendo:

— Seja bem-vindo, ó rei dos animais! Você veio em boa hora para lutar contra nosso inimigo e devolver a paz a todos os animais da floresta.

— Qual é o problema? — perguntou o Leão, em voz baixa.

— Estamos todos sendo ameaçados — respondeu o tigre — por um feroz inimigo que veio a esta floresta esses dias. É um monstro enorme, como uma grande aranha, com um corpo tão grande quanto o de um elefante e pernas tão longas quanto o tronco de uma árvore. Ele possui oito dessas longas pernas, e quando esse monstro rasteja pela floresta, ele caça um animal com uma dessas pernas e o leva até a boca, assim o devora como uma aranha devora uma mosca. Nenhum de nós estará a salvo enquanto essa feroz criatura estiver viva, e convocamos esta reunião para decidir como vamos nos proteger, então você surgiu entre nós.

O Leão pensou por um instante.

— Há outros leões nesta floresta? — perguntou ele.

— Não. Havia alguns, mas o monstro devorou todos. E, além disso, nenhum deles era tão grande e corajoso como você.

— Se eu der um fim ao seu inimigo, você se curvaria a mim e me obedeceria como rei da floresta? — perguntou o Leão.

— Faremos isso com muito gosto — respondeu o tigre; e todos os outros animais rugiram forte:

— Sim, faremos isso!

— Onde está essa grande aranha agora? — perguntou o Leão.

— Ali, entre os carvalhos — disse o tigre, apontando com a pata dianteira.

— Cuide bem dos meus amigos — disse o Leão —, e vou imediatamente lutar contra o monstro.

Ele se despediu dos companheiros e marchou, todo orgulhoso, ao encontro do inimigo.

Quando o Leão a encontrou, a grande aranha estava deitada, adormecida, e era tão feia que seu inimigo torceu o nariz, de tanta repulsa. Suas pernas eram mesmo tão longas como o tigre havia dito, e ela tinha o corpo coberto de grossos pelos pretos. Tinha uma boca enorme, com uma fileira de dentes afiados de dez centímetros de comprimento. A cabeça estava ligada ao corpo rechonchudo por um pescoço tão delgado quanto a cintura de uma vespa. Isso deu ao Leão uma pista da melhor maneira de atacar a criatura, e como ele sabia que seria mais fácil lutar contra ela enquanto estivesse adormecida, deu um grande salto e aterrissou bem nas costas do monstro. Então, com um golpe de sua pesada pata dianteira, toda armada de garras afiadas, ele arrancou a cabeça da aranha, separando-a do corpo. Depois de saltar ao chão, ficou observando até as longas pernas pararem de se mexer, então ele soube que ela estava morta.

O Leão voltou para a clareira onde os animais da floresta esperavam por ele, e disse, orgulhoso:

— Vocês não precisam mais ter medo do seu inimigo.

Então os animais se curvaram diante do Leão, que agora era o rei, e ele prometeu que voltaria para governá-los, tão logo Dorothy estivesse a salvo em seu caminho até o Kansas.

22

O país dos quadlings

Os quatro viajantes passaram em segurança pelo restante da floresta e, quando saíram da escuridão, viram diante deles uma colina íngreme, coberta de cima a baixo com grandes rochas.

— Essa vai ser uma escalada bem difícil — disse o Espantalho —, mas precisamos subir a colina, de qualquer maneira.

Então ele foi à frente, e os outros o seguiram. Quase haviam alcançado a primeira rocha quando ouviram uma voz rude gritar:

— Voltem!

— Quem é você? — perguntou o Espantalho.

Uma cabeça apareceu por cima da rocha, e a mesma voz disse:

— Essa colina nos pertence, e não vamos permitir que qualquer um passe por cima dela.

— Mas precisamos passar — disse o Espantalho. — Estamos a caminho do país dos quadlings.

— Não, vocês não passarão! — respondeu a voz; e saiu de trás da rocha o homem mais estranho que os viajantes já haviam visto.

Ele era baixo e corpulento, tinha uma cabeça muito grande, achatada no topo e apoiada sobre um pescoço grosso, cheio de rugas. Mas ele não tinha braços e, ao ver isso, o Espantalho não acreditou que uma criatura tão inofensiva poderia impedi-los de subir a colina. Então ele disse:

— Me desculpe por não obedecer, mas precisamos passar por cima da sua colina, quer você queira ou não.

E dizendo isso, ele foi em frente, com passadas enérgicas.

Rápida como um raio, a cabeça do homem se projetou para a frente, e seu pescoço se esticou até o topo achatado da cabeça; o golpe atingiu o Espantalho em cheio e o lançou, rolando e rolando, colina abaixo. Quase tão depressa quanto desferiu aquele golpe, a cabeça voltou ao corpo, e o homem riu com aspereza ao dizer:

— Não é assim tão fácil como você pensa!

Um coro de risos turbulentos veio das outras rochas, e Dorothy viu centenas daqueles sem braços e cabeças de martelo sobre a encosta da colina, um atrás de cada rocha.

O Leão ficou zangado com aquelas risadas de desprezo pelo Espantalho e, com um forte rugido, que ecoou como um trovão, subiu a colina quase tropeçando nas rochas.

Uma cabeça voltou a surgir e deu um golpe no grande Leão, que rolou colina abaixo, como se tivesse sido atingido por uma bala de canhão.

Dorothy correu para ajudar o Espantalho a se levantar, e o Leão foi ao seu encontro, machucado e dolorido, e disse:

— É inútil lutar contra pessoas que possuem cabeças atiradoras, ninguém conseguirá derrotá-las.

— Então o que podemos fazer? — perguntou ela.

— Chame os macacos alados — sugeriu o Homem de Lata. — Você ainda tem o direito de dar mais uma ordem a eles.

— Muito bem — respondeu ela, e, vestindo o capuz dourado, pronunciou as palavras mágicas. Os macacos atenderam prontamente, e em poucos minutos o bando inteiro estava à sua frente.

— Quais são suas ordens? — perguntou o Rei dos Macacos, fazendo uma reverência.

— Leve-nos por cima da colina até o país dos quadlings — respondeu a menina.

— Será feito — disse o Rei dos Macacos, e imediatamente os macacos alados pegaram os quatro viajantes e Totó e foram embora voando. Quando passaram sobre a colina, os cabeças de martelo gritaram de raiva e lançaram as cabeças bem para o alto, mas não conseguiram alcançar os macacos alados, que levaram Dorothy e seus companheiros até o belo país dos quadlings, sãos e salvos.

— Esta é a última vez que você poderá nos convocar — disse o líder a Dorothy —, portanto, adeus e boa sorte para vocês.

— Adeus e muito obrigada — respondeu a menina. Então os macacos partiram, voando, e num instante já haviam desaparecido da visão deles.

O país dos quadlings parecia rico e feliz. Havia muitos campos de grãos em maturação, estradas bem pavimentadas passando entre as plantações e bonitos riachos ondulantes, atravessados por pontes fortes. As cercas, casas e pontes haviam sido pintadas de vermelho vivo, do mesmo modo que o amarelo no país dos winkies e o azul no país dos munchkins. Os próprios quadlings, baixos e gordos, com uma aparência rechonchuda, pareciam ser de boa índole. Estavam todos vestidos de vermelho, brilhando em contraste com a grama verde e o grão amarelado em maturação nas plantações.

Os macacos deixaram todos perto de uma fazenda, e os quatro viajantes caminharam até lá e bateram na porta. Ela foi aberta pela esposa do fazendeiro, e, quando Dorothy perguntou se ela poderia lhes dar algo de comer, a mulher serviu a todos um bom jantar, com três tipos de bolo e quatro tipos de biscoitos, além de uma tigela de leite para Totó.

— Qual é a distância daqui até o castelo de Glinda? — perguntou a criança.

— Não é muito longe — respondeu a esposa do fazendeiro. — Tome a estrada para o sul e logo chegará lá.

Agradecendo a boa mulher, eles partiram, caminharam pelos campos e atravessaram belas pontes, até que viram um castelo muito bonito. Na frente dos portões havia três jovens mulheres, vestindo graciosos uniformes vermelhos, enfeitados com um trançado dourado; quando Dorothy se aproximou, uma delas disse:

— Por que você veio ao País do Sul?

— Para ver a Bruxa Bondosa que governa este país — respondeu ela. — Você poderia me levar até ela?

— Diga-me seu nome, e vou perguntar a Glinda se poderia recebê-la.

Eles disseram quem eram, e a jovem guarda foi até o castelo. Depois de alguns momentos, ela voltou para dizer que Dorothy e os outros seriam recebidos naquele instante.

23

Glinda, a Bruxa Bondosa, realiza o desejo de Dorothy

Mas, antes de irem ao encontro de Glinda, foram levados a um recinto do castelo, onde Dorothy lavou o rosto e penteou o cabelo, o Leão sacudiu a poeira da juba e o Espantalho deu umas palmadinhas em si mesmo para melhorar sua postura, enquanto o Homem de Lata poliu o corpo de lata e lubrificou as juntas.

Quando todos ficaram apresentáveis, seguiram a jovem guarda até uma grande sala, onde a bruxa Glinda estava sentada num trono de rubis.

Aos olhos de todos, ela era bonita e jovem. Seu cabelo tinha uma rica cor vermelha e caía em cachos ondulados sobre os ombros. Seu vestido era de um branco puro, os olhos eram azuis e encararam gentilmente a menininha.

— O que posso fazer por você, minha criança? — perguntou ela.

Dorothy contou a Glinda toda a sua história: como o ciclone a trouxera ao país de Oz, como ela encontrara seus companheiros e as maravilhosas aventuras que compartilharam.

— Meu maior desejo agora — acrescentou ela — é voltar para o Kansas, pois a tia Ema com certeza está pensando que algo terrível me aconteceu, e isso vai deixá-la de luto. A menos que a colheita neste ano seja melhor do que tem sido ultimamente, tenho certeza de que o tio Henry não conseguirá arcar com tudo.

Glinda inclinou-se para a frente e beijou a doce e erguida face da gentil menininha.

— Abençoado seja esse seu doce coração — disse ela. — Estou certa de que posso indicar um caminho de volta ao Kansas. — E ela ainda acrescentou: — Mas, para isso, você terá de me dar o capuz dourado.

— Com muita boa vontade! — exclamou Dorothy. — Na verdade, ele já não tem mais utilidade para mim, e com ele você poderá dar ordens aos macacos alados por três vezes.

— E acho que vou precisar do serviço deles justamente essas três vezes — respondeu Glinda, sorrindo.

Então Dorothy lhe deu o capuz dourado, e a bruxa perguntou ao Espantalho:

— O que você fará quando Dorothy nos deixar?

— Voltarei para a Cidade das Esmeraldas — respondeu ele —, pois Oz me nomeou o governador de lá e o povo gosta de mim. A única coisa que me preocupa é como atravessar a colina dos cabeças de martelo.

— Por meio do capuz dourado, vou mandar os macacos alados levarem você até os portões da Cidade das Esmeraldas — disse Glinda —, pois seria uma vergonha privar o povo de um governador tão maravilhoso.

— Sou mesmo tão maravilhoso? — perguntou o Espantalho.

— Você é incomum — respondeu Glinda.

Virando-se para o Homem de Lata, ela também perguntou:

— O que será de você quando Dorothy deixar este país?

Ele se apoiou no machado e pensou por um instante. Então disse:

— Os winkies foram muito gentis comigo e queriam que eu os governasse depois que a Bruxa Malvada foi morta. Tenho orgulho dos winkies, e, se eu pudesse voltar ao País do Oeste, o que eu mais gostaria seria governá-los para sempre.

— Minha segunda ordem aos macacos alados — disse Glinda — será de que eles o levem em segurança ao país dos winkies. Seu cérebro não é tão grande quanto o do Espantalho, mas você é mesmo mais brilhante do que ele, quando está bem polido, e estou certa de que governará os winkies muito bem e com muita sabedoria.

Então a bruxa olhou para o grande Leão de juba desgrenhada e perguntou:

— Depois que Dorothy tiver retornado à própria casa, o que será de você?

— Para além da colina dos cabeças de martelo — respondeu ele — há uma grande e antiga floresta, e todos os animais que vivem nela querem que eu seja o rei deles. Se eu puder voltar a essa floresta, vou viver muito feliz lá, por toda a minha vida.

— A minha terceira ordem aos macacos alados — disse Glinda — será levá-lo até a floresta. Então, depois de usar os poderes do capuz dourado, eu o darei ao Rei dos Macacos, para que ele e seu bando sejam livres de agora em diante e para sempre.

O Espantalho, o Homem de Lata e o Leão agradeceram profundamente à Bruxa Bondosa pela gentileza, e Dorothy exclamou:

— Com certeza você é tão bondosa quanto bonita! Mas ainda não me contou como vou voltar ao Kansas!

— Seus sapatos prateados vão levá-la pelo deserto — respondeu Glinda. — Se você tivesse conhecido esses poderes antes, poderia ter voltado à sua tia Ema no primeiro dia em que veio a este país.

— Mas então eu não teria recebido meu cérebro maravilhoso! — gritou o Espantalho. — Eu teria passado a vida inteira no milharal do fazendeiro.

— E eu não teria recebido meu coração adorável — disse o Homem de Lata. — Eu teria permanecido na floresta, enferrujando até o fim dos tempos!

— E eu teria vivido como um covarde para sempre — declarou o Leão —, e nenhum animal em toda a floresta me diria uma palavra gentil.

— Tudo isso é verdade — disse Dorothy —, e fico feliz em ter sido útil a esses bons amigos. Mas agora que cada um obteve o que mais desejava, e que cada um está feliz em ter um reino para governar, acho que é hora de eu voltar ao Kansas.

— Os sapatos prateados — disse a Bruxa Bondosa — possuem poderes maravilhosos. E uma das coisas mais curiosas sobre eles é que podem levá-la a qualquer lugar do mundo em três passos, e cada passo é dado num piscar de olhos. Tudo o que você precisa fazer é bater os saltos um contra o outro três vezes e mandar os sapatos levá-la aonde você quiser.

— Se for assim — disse a criança com alegria —, vou pedir que me levem de volta ao Kansas agora.

Ela atirou os braços em volta do pescoço do Leão e o beijou, afagando sua cabeça com ternura. Depois, beijou o Homem de Lata, que estava chorando de um jeito até perigoso para suas juntas. Por fim, abraçou o macio corpo estofado do Espantalho, em vez de beijar sua face pintada, e sentiu que ela mesma estava chorando com aquela triste despedida de seus queridos companheiros.

Glinda, a Bondosa, desceu do trono de rubis para dar um beijo de despedida na menininha, e Dorothy agradeceu por toda a gentileza com que tratara seus amigos e ela própria.

Então ela pegou Totó solenemente nos braços, e, com um último adeus, bateu os saltos dos sapatos prateados três vezes, um contra o outro, dizendo:

— Leve-me de volta para casa, para a tia Ema!

No mesmo instante, ela começou a rodopiar no ar, tão depressa que tudo o que conseguiu ver ou sentir foi o vento assobiando em seus ouvidos.

Os sapatos prateados deram três passos, e depois pararam tão de repente que ela rolou sobre o gramado diversas vezes, antes de reconhecer o lugar em que se encontrava.

Mas aos poucos ela conseguiu se sentar e olhar em volta.

— Ó céus! — gritou ela.

Estava sentada na ampla pradaria do Kansas e, bem na sua frente, viu a nova casa da fazenda que tio Henry construiu depois que o ciclone levara embora a antiga. Tio Henry estava ordenhando as vacas no estábulo, e Totó havia pulado dos braços de Dorothy e corrido em direção ao celeiro, latindo com alegria.

Dorothy se levantou e percebeu que estava só de meias. Pois os sapatos prateados haviam caído durante o voo até ali e estavam perdidos para sempre no deserto.

24

De volta para casa

Tia Ema havia acabado de sair da casa para regar os repolhos quando olhou para cima e viu Dorothy correndo em sua direção.

— Minha querida criança! — gritou ela, envolvendo a menininha em seus braços e cobrindo seu rosto de beijos. — De onde você veio?

— Do País de Oz — disse Dorothy, com ar sério. — E Totó está aqui também. Ó tia Ema! Estou tão feliz por ter voltado para casa!

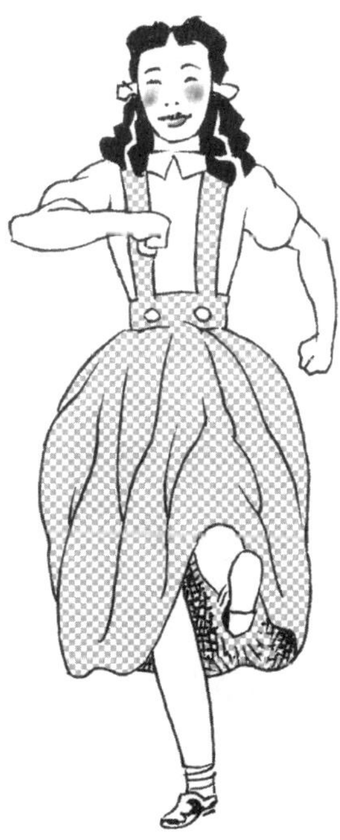

Sobre o autor

Lyman Frank Baum (1856-1919) é conhecido por suas histórias infantis, sendo a mais famosa *O Mágico de Oz*. Nascido em Chittenango, Nova York, Baum fez muitas viagens a negócios que o levaram por todo o país. Na verdade, suas descrições do Kansas em *O Mágico de Oz* são baseadas em suas experiências quando esteve em Dakota do Sul. Foi também um amante do teatro e chegou a escrever e atuar em muitas peças.

Em 1900, Baum e o ilustrador W. W. Denslow publicaram *O Mágico de Oz*, um sucesso aclamado pela crítica. Baum e Denslow adaptaram o *best-seller* infantil para uma peça musical, a primeira de seu tempo. Baum chegou a publicar mais treze livros com a temática de Oz. Enquanto muitos estudiosos e historiadores especulavam que as histórias de Oz possuem um teor político fantasiado de contos de fadas, Baum sempre insistiu que foram escritas para crianças.

Veríssimo

ESTA OBRA FOI IMPRESSA
EM JANEIRO DE 2024